化け猫、まかり通る

猫の手屋繁盛記

かたやま和華

集英社文庫

目次

化け猫、まかり通る

猫の手屋繁盛記

この作品は、集英社文庫のために書き下ろされました。

猫のうわまい

一

夜蟬《よぜみ》の鳴く東の空に、ようやく上ったばかりの半月が浮かんでいた。

蒲鉾《かまぼこ》のような形であるな、と天を仰いでいた近山宗太郎《ちかやまそうたろう》は思った。

蒲鉾というと、やはり、蕎麦《そば》屋で食す板わさがうまい。小上がりに腰を落ち着け、蕎麦前に板わさを肴《さかな》にして冷や酒をキュッと一杯引っかける姿は、いかにもわかっている体《てい》で格好が付くものだ。

ぜひ真似《まね》してみたいところだが、残念なことに宗太郎は酒がほとんど飲めない。下戸《げこ》なのである。気張って飲んだところで、ろくなことがない。

「今夜、このようなところで、このような目に遭っているのも……」

と宗太郎は人知れず嘆いて、あずき色の肉球のある両手を握り締めた。月明かりに照らされる我が身の、なんと業《ごう》の深いことであろう。

松葉に似たひげをしょぼつかせていると、

「みニャの衆、お静かに」

という甲高い声が聞こえて、天を仰いでいた宗太郎は緑青《ろくしょう》の浮く銅葺《どうぶ》き屋根の祠《ほこら》にゆっくりと顔を戻した。

ときは丑《うし》の刻、ところは日本橋長谷川町《にほんばしはせがわちょう》三光稲荷《さんこういなり》。

犬猫がらみの願掛けにご利益があることで知られる三光稲荷の境内には、至るところに色形もさまざまな招き猫が奉納されている。犬猫の病が治ったお礼に、迷い犬や迷い猫が見つかったお礼に、犬好き猫好きがそっと置いて帰るのだそうだ。

そうした招き猫にまじって、この夜は、町内に暮らす野良猫たちが鈴生《すずな》りになって集まっていた。

「これより、日本橋長谷川町三光いニャりニャらびの三日月ニャが屋に住む浪人、近山猫太郎のすったもんだについて吟味を始めるでござる」

ニャゴニャゴとしゃべる声の主は、賽銭箱《さいせんばこ》を背にして二本脚で立ち、一丁前に小紋の裃《かみしも》を着けていた。

「猫太郎、面《おもて》を上げよ」

言われなくとも、端《はな》から上げている。

「みどもは猫町奉行である」

どこからどう見ても、茶色のぶち猫である。

「さて。こたびの詮議立ての前に、ニャにか申し開きする儀はござらぬか?」

おのれを猫町奉行であるとのたまう茶色のぶち猫は、南や北と肩を並べる町奉行のひとりでいるつもりなのか、そのしゃべり方はずいぶんとしゃちほこ張ったものだった。並の人ならば、そもそも猫が人語をしゃべっていることに驚くのだろうが、話せば長い大人の事情があって、宗太郎は並の人ではない。

いや、人であることには間違いない。そうだとも、どれだけ毛深くとも人だとも。

宗太郎は左手で腰の大小に触れ、武士ならではの左腰の重みをしかと確かめる。二本差しの猫などいるものか、それがしは断じて猫ではない。

「それがしの住まいは、三光いニャりニャらびの三日月ニャが屋ではない。三光稲荷並びの三日月長屋である」

「細かいことは、どうでもよい」

「それから、それがしの名は猫太郎ではない。宗太郎である」

「ニャニャど、どうでもよい」

「どうでもよくない！」

宗太郎がひげ袋をふくらませて大きな声を出すと、野良猫たちが負けじと一斉に騒ぎ出した。

「やい、猫太郎のくせに神妙にしろい」

「猫太郎、お奉行さまの言うことに逆らっちゃいけないよ」

「名ひとつにこだわるなんて、猫太郎の料簡《りようけん》は猫の額ほどに狭いったらないね」

わいわいがやがや。

「であるから、それがしは近山猫太郎ではなく」

近山宗太郎である。

正直に話せば、近山という姓は仮初《かりそ》めのものだが、本名を名乗ることは世に知られた大身旗本《たいしんはたもと》である父上に迷惑をかけることになりかねないので、ここで事実をつまびらかにすることは勘弁願いたい。

と、生真面目《きまじめ》な宗太郎が長々と申し開きをしようとしたところで、猫町奉行がまたしても甲高い声を張りあげた。

「みニャの衆、お静かに。今宵、この場は三光いニャりの境内であって境内にあらず、猫のお白州《しらす》でござるぞ。吟味にかかわりのニャいおしゃべりは控えよ」

「ハハーッ」

鈴生りの野良猫たちが一様に平伏する光景は圧巻、というよりは滑稽だった。

この夜、境内に集まっていたのは、ほとんどが地べたに腹を向けて四つん這《ば》いで歩く並の猫だったが、中には頭に手拭いをのせて二本脚で姿勢よく立っている猫の姿もちらほらあった。

なんでも、長生きをした猫は、そうして踊ることで人になれるという俗信があるらしいのだ。猫たちは人になって、自分をかわいがってくれた飼い主に猫の恩返しをしたいそうだ。猫というと、あの細くなったり太くなったりする気紛《きまぐ》れな瞳のせいか、犬と違って恩知らずな生き物として扱われることが多いが、どっこい、中には存外見上げた根性の者どももいるということだ。

「ときに、猫太郎。その方、昨秋の名月の晩に、日本橋小網町《こあみちょう》に架かる思案橋《しあんばし》のたもとにおいて、白闇《しろあん》さまを尻で踏みつけたことに相違ニャいか？」

「宗太郎である。さて、シロアンさまとは誰のことか？」

「わしのことぞ、若造」

「ぬ？」

聞き慣れた声に、宗太郎は境内を見回した。

「どこを見ておる。若造、ここぞ」

「どこだ？」

「鳥居の上ぞ」

宗太郎が顔を上向かせると、鳥居の上に光る金色のふたつのまなこと目が合った。目を凝らせば、夜空ににじむようにして、天鵞絨《ビロード》の毛皮を着こんだ黒猫がニヤニヤと笑っているのが見えた。

猫が笑うというのもおかしな話だが、この黒猫はいつも笑っている。

猫は猫でもしっぽが二股に裂けた猫股《ねこまた》、すなわち、妖怪なのだ。

「また、そんな罰当《ばちあ》たりなところにいるか」

「また、若造に踏んづけられてはかなわんからな」

「もう踏みつけんとも。それにしても、そこもとの名を初めて知った。ずいぶんと、うまそうな名をしていたのであるな」

「甘党のお前さんが思い浮かべているのは、白いんげん豆をすりつぶした〝白餡《しろあん》〟であろうが、字が違う。白い闇で〝白闇〟ぞ」

「白闇……」

珍妙な名である、と宗太郎は思った。闇とは漆黒《しっこく》のものであって、白と言われてもぴんと来ない。しかし、黒猫が妖怪であること自体がすでにぴんと来ないことを思えば、白い闇というものがあってもおかしくはないのかもしれない。

「へぇ、猫太郎のくせに甘党なのかい」

「甘党ってことは、猫太郎は下戸なんだろうね」

「下戸なんて、猫太郎は猫生《ねこせい》の半分を無駄にしているったらないね」

またしても、野良猫たちがわいわいがやがや。

「待て、待て、それがしは武士である。武士は辛党でこそあれ、甘党のわけはないではないか。白いんげん豆がなんだというのだ、それがしは白餡の饅頭《まんじゅう》や最中《もなか》などこれっぽっちも好物ではないぞ」

　宗太郎は名の取り違えを正すのを忘れて、必死に武士の威厳を保とうとした。そうすればするほど、墓穴を掘ることになろうとも知らずに。

「こりゃ好物だな」

「好物なんだろうね」

「好物ったらないね」

　好物ではない。

「それがしは白餡より、うぐいす餡の方が口に合う」

　勢いで告げてしまってから、宗太郎はハッと我に返った。根っからの正直者がために、つい言わないでいいことを言ってしまった。

　鳥居の上では黒猫が金色の目を細めて、相変わらずニヤニヤと笑っていた。のみならず、野良猫たちまで、猫町奉行さえもが笑っているような気がして、宗太郎はしっぽりと濡《ぬ》れた鼻を舌先でペロリと舐《な》めた。

　この鼻を舐める仕草は、宗太郎が気を落ち着けたいときに出る癖だ。ただの人だったときにはなかった癖だが、奇妙奇天烈《きてれつ》な今の姿になってから、おのれでも気づかないうちによくやるようになっていた。

「して、猫太郎。今一度訊《き》くが、白闇さまを尻で踏みつけたことに相違ニャいか？」

「相違ある、それがしは宗太郎である。が、それ以外は……相違ない」

宗太郎の声は、尻すぼみに小さくなっていった。

かれこれ半年以上も前のことになるが、あの晩のことはよく覚えている。

小網町の小料理屋で、剣術道場の仲間たちと仲秋の名月を愛《め》でながら一杯ひっかけたのがいけなかった。あるいは、一杯なら一杯きりと決めてかかって飲めばよかったものを、武士が下戸なのはみっともなかろうという浅はかな見栄から、勧められるがままに杯を重ねてしまったのがまずかった。

結果、痛恨の不覚を取ってしまった。

小料理屋を出るころには、結構な千鳥足になっていた。吐き気はするし、頭は割れそうであるし、何より天と地が風車のようにぐるんぐるんに回っていた。

「てやんでい、猫太郎のくせに白闇さまに狼藉《ろうぜき》を働きやがったのかい」

「猫太郎、何をむしゃくしゃしていたか知らないが無体はいけないよ」

「狼藉を働くなんて、猫太郎は化け猫よりもおそろしい猫ったらないね」

狼藉を働いた覚えはない。

「あの晩は、いつになく酒に酔っていたのだ。生酔いを覚まそうとして、思案橋のたもとに、分別なく尻餅をついてしまった」

宗太郎はいまだ両親にさえ打ち明けられないでいる、話せば長い大人の事情というやつを、訥々《とつとつ》と物語った。猫町奉行は大仰にうなずいたり、目を細めたりしながら、こちらの言い分を聞いていた。

「尻餅をついたところ、どうニャった？」

「運悪く、その場には先客がいてな」

「先客とは？」

「黒猫の白闇である」

　宗太郎がどすんと尻を下ろすと同時に、

『フギャ』

という短い悲鳴が聞こえた気がしたが、何しろ酔っていたのであまり深くは考えなかった。不思議と地面は温かく、やけにふかふかとしていて、まるで天鵞絨の敷物を踏んでいるような気持ちよさがあった。

「黒猫の上に座りこんでいたのだ」

　宗太郎のこの答弁に、鈴生りの野良猫たちが震えあがった。

　宗太郎こそ、ふかふかの正体が敷物でもなんでもないことがわかったときは震えあがったものだ。尻餅で、野良猫を踏みつけてしまったのだと思った。宗太郎は猫が苦手だが、かといって、おのれよりも小さき生き物をさいなむような真似はしない。怪我《けが》はしていないか、息はあるかと、心から気を揉《も》んだ。

「しかし、黒猫は猫というより猫股であったから、人語をしゃべり出した」

のちに知ったことだが、あのとき、黒猫もまた酔っていたらしい。酒と木天蓼《またたび》をしたたか飲んで、動けずにうとうととまどろんでいたというのだ。

夜更けに、橋のたもとで黒猫が闇とひとつになってつくばっているのを、果たしてどれだけの人が気づいて回避できるのかと思わなくもなかったが、その晩の宗太郎は素直に詫《わ》びを入れた。すると、

『あやまって済むなら、奉行所はいらんよ』

黒猫はニヤニヤと笑いながら、そう言った。

もっともなことだ、と宗太郎もうなずいた。

「あやまって済むなら、奉行所はいらんよ」

「何度も言われなくともわかっている」

宗太郎は三つ鱗《みうろこ》の形の耳を後ろへ閉じて、鳥居の上の黒猫に言い返した。

「では、猫太郎はあやまって済まニャかったゆえに、白闇さまに祟《たた》られたということでよろしいでござるか？」

「祟られたわけではない、それがしは道義をわきまえたのである」

いくぶんか酒が残っていたために気が大きくなっていたのは否めないにしても、黒猫を踏みつけてしまった事実に変わりはないので、口下手《くちべた》な宗太郎は言葉よりも態度で誠

意を示そうと思った。この身で罪を償おう、とさえ言ってしまった。

つまらないところまで義理堅いのが、宗太郎の長所であり、欠点でもある。

よもや、それでこのような業の深い身の上になろうとは……。

あれこれと思い返していたら言いようのないやるせなさが込み上げてきて、宗太郎は長くひんなりしたしっぽを袴《はかま》に叩《たた》きつけた。

宗太郎の手のひらには、あずき色をした肉球がある。口もとには松葉に似たひげをたくわえ、頭のてっぺんにほど近いところには三つ鱗の形をした耳が生えている。

さらに背縫いをたどれば、尻の上でしっぽがうごめいており、顔も身体《からだ》も全身が泡雪《あわゆき》の毛皮に覆われていた。

『殊勝なり。ならば、お前さんには、わしらのことを存分に知ってもらおうぞ』

あの晩、黒猫はそう言った。その後、黒猫が何度かまばたきするのを見ていたら、ふっと身体が軽くなった。

たちまち、宗太郎はただの人から『わしら』の姿になっていた。

すなわち、白猫にされてしまっていたのだ。それも身の丈は、人のときの大きさを保ったままに。

「言っておくが、それがしがこのような奇妙奇天烈な白猫姿に身をやつしているのは、もののふのけじめを付けるためであって、祟りに甘んじているわけではないぞ」

「ほう、猫太郎のくせに物《もの》の怪《け》のけじめかい」

「猫太郎、物の怪のけじめとはあっぱれなことを言うね」

「物の怪のけじめなんて、猫太郎は化け猫の中の化け猫ったらないね」

「もののふである」

それがしは武士なのだ。そして、しつこいようだが宗太郎である。

「ニャるほど、相わかった」

猫町奉行がひと際甲高い声になって、見得を切るように長袴を蹴上げる。

「近山猫太郎、こたびの沙汰を申し渡す」

「聞かせてもらおう」

「その方のすったもんだは身から出た錆《さ》び！」

「なんと?」

「以上でござる」

いや、身から出た錆びなのはわかっている。

「猫町奉行。今夜のお白州は、それがしが今日まで積んできた善行について吟味するために開かれたのではないのか?」

「いかにも、そうでござった」

「しっかりやってくれ」

三光稲荷の境内であって境内ではない、ここは猫のお白州。

そのような不浄の場所に引っ立てられることになってしまった、おのれの不甲斐《ふがい》なさを思うと、宗太郎は心が挫《くじ》けそうだった。いつか、こうした日々を笑い話にできる日が来るのであろうか。きっと来ると信じたい。

元の姿に戻るには、百の善行を積むようにと黒猫から言われていた。

「世のため、人のため。それがひいては、おのれのためになると聞いている」

「若造。猫のため、を忘れておるぞ」

「いかにも、そうであった」

「しっかりやるがよい」

鳥居の上から黒猫に励まされてしまった。言われなくても、日々しっかりやっているつもりである。

「では、改めて、こたびの沙汰を申し渡す。近山猫太郎、まずは、その方がこれまでに積んできた善行の数でござるが」

一日一善としても、宗太郎はかなりの数を積んでいる自信があった。

猫町奉行が目を細めて、ひい、ふう、みい、と前脚の指を動かしている。

「ニャニャつ！」

「七つか！　とどのつまり、それか！」

「みどもら猫は、ニャニャより大きい数がわからニャい。それゆえ、猫はニャニャ代先までしか祟ることができニャいのでござる」

「七より大きい数がわからずに、百の善行をいかに吟味する気か⁉」

かく言う宗太郎も奇妙奇天烈な白猫姿になってからというもの、どうかすると大きな数がわからないときがある。

宗太郎が黒猫から猫のお白州について聞いた限りでは、猫町奉行であれば善行の数うんぬんばかりでなく、善行そのものを吟味してくれるという算段だったと思ったが、これでは話が違う。

「そう焦るな、若造。まだ詮議立ての潮合いではなかったということよ」

「これが焦らずにいられるか、この夏が終われば一年になるのだぞ」

「七年になるまでは、あと六年もある」

「七という数にこだわられてはたまらん」

鳥居の上の黒猫にとげとげしく言い返して、宗太郎は野良猫で埋まる境内を立ち去ろうとした。

「待たれよ、猫太郎。みどもの吟味はまだ終わっていニャいでござる」

「猫町奉行、猫も杓子《しゃくし》も奉行を名乗れると思うな。南や北の町奉行は、恐れ多くも公方《くぼう》さまからお役目を拝領している歴とした旗本衆であるぞ」

「みどもも旗本衆の飼い猫である。口を慎みニャされ」

「ちょこざいな。そうした猫だましの理屈がまかり通るのであれば、公方さまの飼い猫は猫の公方になってしまうではないか」

宗太郎は、道場仲間からは石部金吉《いしべきんきち》と笑われるほどの堅物だ。辻《つじ》を曲がるときは豆腐の角のようにかっちりと鉤《かぎ》の字でないと、背中がこそばゆい。文机《ふづくえ》の上の書物は四隅をそろえて重ねていないと、吐き気がする。

今でこそ、浪人になりすましてつましい裏店《うらだな》暮らしをしているが、大身旗本の惣領《そうりょう》として申し分ないしつけのもとに育った宗太郎にとっては、武士とは四角四面であらねばならないものなのだ。

そうした堅物であるがゆえに、猫町奉行の尊大に構えた理屈を聞き逃すことはできなかったわけだが、猫町奉行の方もまた気位まで一端《いっぱし》のようで、

「黙って聞いておれば、その方、無礼千万。さようニャことばかり言っておると、白闇さまニャらびにみどもへの礼を欠いた咎《とが》で、市中引き回しの上、ひげをチョン切るでござるよ」

と、やにわに物騒なことを言い出した。

「なんておそろしい！」

口々に叫んで、野良猫たちが一様に縮こまった。

犬にとってのひげはお飾り程度のものかもしれないが、猫にとってのひげはなくてはならない大切なものだ。これをチョン切られてしまったら、まっすぐ歩くことすらままならない。

ここだけの話、宗太郎は奇妙奇天烈な白猫姿になったばかりのころ、手入れの仕方がわからずに松葉に似たひげを短く刈りこんでみたことがあった。手鏡に映るおのれの見てくれはこざっぱりとしたものの、あべこべに心はどんよりと曇っていた。どうにも動くのがおっくうになり、身体に鞭打《むちう》って動いたとしても、しきりと物にぶつかるという不便さばかりが募った。

なんでも、猫のひげには触角のような役割があって、むやみやたらにチョン切ると身体の塩梅《あんばい》を悪くしかねないというのだ。知らなかったとはいえ、おそろしいことをしてしまったものだ。思い返しただけで、蒸し暑い夜だというのに、宗太郎は背筋に薄ら寒さを感じた。

すると、満を持したように、

「お控えなすって」

という野太い声が境内に響き渡った。

「何ごとか?」

宗太郎が振り返ると、鳥居の真下で、鉢割れ猫が鈴生りの野良猫たちを従えるようにして二本脚で立っていた。やや前屈《まえかが》みになって腰を落とし、右手は背中に、左手は猫町奉行へ肉球を見せるように手のひらを上にしている。

「あっしは、ここ長谷川町は三光稲荷を昼は寝床に、夜は猫の祭りを所場にする、鉢割れの千代紙《ちよがみ》と申すケチな野良猫でございやす」

「ふむ」

と、猫町奉行は鷹揚《おうよう》にうなずき返していたが、宗太郎は目を丸くした。

「千代紙。そこもと、いかがした？」

千代紙は、三光稲荷でもっとも古株の野良猫だ。顔も図体も、ついでに態度までがでかい、町の顔役のような一匹と言っていいだろう。

猫好きばかりが住む三日月長屋の面々からは〝縁側〟の名で呼ばれているが、これは板敷きのことではなく、腹びれの縁側を意味する。千代紙の香箱《こうばこ》座りを上から見ると、平目《ひらめ》や鰈《かれい》のように丸く見えるためだ。

「縁持ちまして、稼業はこの界隈《かいわい》の若い義兄弟《きょうだい》を束ねておりやす。ここにいる猫太郎は千代紙一家が末弟、浮世の風も、猫の渡世もいまだわからねぇ粗忽者《そこつもの》でございやす」

それがしは、いつ、そこもとの一家の末弟になったのか。

そう思わなくもなかったが、千代紙の立て板に水のさわやかな仁義に、宗太郎はつい聞き惚《ほ》れてしまった。

「お奉行、義兄弟の粗相は一家の粗相でございやす。末弟になり代わりやして、踊り子のひげにも劣るつまらねぇモンではございやすが、あっしのひげで今夜の非礼を収めてくれちゃあもらえねぇでしょうかい？」

踊り子とは泥鰌《どじょう》のことで、泥鰌鍋は今時分の暑い盛りの滋養食にちょうどいい。が、今はそんなことでよだれを拭っている場合ではない。

宗太郎は千代紙を退《さ》がらせようとしたが、それよりも先に、すばしっこく動く小さな影があった。

「お待ちください、お奉行さま！　千代紙の兄貴に代わって、どうぞ、おいらのひげをチョン切ってください！」

横から、雉猫《きじねこ》が出しゃばってきたのだ。さらに、

「いいえ、お奉行さま！　千代紙の兄貴に代わって、どうぞ、おいらのひげをチョン切ってください！」

と、まったく同じ模様の雉猫がもう一匹飛びこんでくる。

この二匹は、いつも千代紙のそばをくっついて歩いている太鼓持ちだ。まだ二本脚では立てないのか、並の猫のように四つん這いだった。

そうこうしているうちにも、

「なんでい、雉猫のくせにかっこつけやがって！　千代紙の兄貴に代わって、ここはオ

レのひげをチョン切ってもらおうかい！」

「雉猫、若い者が無茶しちゃいけないよ。千代紙兄さんに代わって、ここはあたしのひげをチョン切ってもらおうかね」

「かっこつけるなんて、雉猫は粋がってるったらないね。千代紙の兄貴に代わって、ここはおいらのひげをチョン切ってもらおうとも」

やいのやいの、野良猫たちが次から次へと千代紙をかばい立てするように集まり出していた。

猫は群れない生き物だとはよく聞くが、千代紙一家の結束は固く、兄貴は舎弟たちから大層慕われているようだった。

宗太郎は、本当を言うと、千代紙とそう親しいわけではない。

今夜はつうと言えばかあでやり取りが成り立っているが、日ごろの宗太郎は見目は限りなく猫だとしても、あくまで人なので猫と会話ができない。人語を解する黒猫とはやり取りができるが、あやつは猫股なので八分とする。

そういうわけなので、宗太郎は千代紙と会話を交わしたことがなかった。町内のあちこちでしょっちゅう顔を合わせるが、そのつど、千代紙が『ブニャア』と野太い声でひと鳴きするので、縄張りに現れた新参者を煙たがっているのだろうと思って遠慮していたくらいだ。

ひょっとしたら、あの『ブニャア』は『お控えなすって』と声をかけてくれていたのであろうか？

勝手に一家の末弟にされていることについては物申したくもあるが、それを差し引いても、こんなふうにかばい立てしてもらえたことに宗太郎は胸を打たれた。

ここは、武士として男気を見せなければならない。

「一同、しばらく。みなの心遣いには痛み入るが、今夜のことはそれがしが向き合わなければならないすったもんだである」

宗太郎は野良猫の一匹一匹を見回してから、最後に千代紙に向き直った。

「千代紙、胸のすくような仁義を聞かせてもらった。礼を言う」

「義兄弟。お前さんは猫になってまだ日が浅ぇから、何もわかっちゃいねぇのよ。これを潮に、猫の渡世のことをちったぁ覚えるといい」

「猫になったつもりはないが、郷《ごう》に入《い》っては郷に従えということか」

「ひとつ教えてやらぁ。猫股と言やぁ、猫の渡世に錦を飾る妖怪よ。そん中でも、白闇さまと言やぁ、明暦《めいれき》の大火で赤猫の舌をかいくぐったのくぐらねぇの、猫股きっての長老で知られてらぁ」

「なんと。明暦の大火を知るということは、御城下から千代田《ちよだ》の天守を拝めた時代を知っているということか」

優に、百五十年はむかしから生きていることになる。

鳥居の上をうかがうと、黒猫は相変わらずニヤニヤと笑っていた。

「義兄弟。お前さんは、そんな白闇さまを、搗《つ》き立てでもねぇ尻餅で踏みつけやがった。善行を積むぐれぇで、それがまっぴら御免になるってぇなら、百がどれほどの数か知ったこっちゃねぇが、四の五の言わずに塵《ちり》も積もれば山となる善行を積めばいいだけのことなんじゃねぇのかい？」

「む……、いかにも……」

早く人の姿に戻りたくて、焦っていたのは否めない。

道義をわきまえるだの、もののふのけじめを付けるだのと言っておきながら、おのれは百という数にばかりこだわっていたのではないか？

黒猫にも言われたように、今はまだ詮議立ての潮合いではなかったのかもしれない。

「黒猫。そして、猫町奉行」

宗太郎は衿《えり》を正して、鳥居の上と賽銭箱の前を交互に見やった。

「なんぞ？」

「ニャんでござる？」

「百の善行とは、それがしが納得のいく数だと心得た。吟味はいずれまた、そのときに願いたい」

「あっぱれなり。若造にならできるぞよ」

「あっぱれニャり。猫太郎、その言葉を待っていたでござる」

調子のいい二匹である。

「若造、わしからもひとつ教えてやるわい」

「聞かせてもらおう」

「善行とは恩送りぞよ」

「恩送り？」

「もらった恩は返すのではなく、よそへ送るのよ。人から人へ、人から猫へ、猫から猫へ、猫から人へ。恩がめぐれば、浮世に情けの風も吹こう」

「そういうものか」

「そういうものぞ」

亀の甲より年の甲、それがたとえ妖怪であったとしても、長く生きた者どもの教えには何かしら耳を傾ける価値があるようだ。

老獪《ろうかい》な猫股と、猫股になりかけている猫たちを相手にして、猫になりたてのそれがしがかなうはずはないということ。

「いやいや、それがしはまだ猫にはなっていないとも」

まだどころか、この先も猫にはならないとも。

宗太郎はあずき色の肉球のある、おのれの両手を見つめた。半月の薄明かりに照らされているその手は、小さくはあるが器用に動く。

この手を、町の人々に貸すのが宗太郎の生業《なりわい》だ。世の中には、猫の手も借りたいほどせわしない人、または困っている人たちがたくさんいる。

「世のため、人のために、それがしは〝猫の手〟を貸そう」

ひいてはおのれのため、猫のため。

二

近山宗太郎こと猫の手屋宗太郎、〝猫の手〟貸します。

お控えなすって。

それがしは、ここ長谷川町は三光稲荷並びの三日月長屋に住み暮らす、近山宗太郎と申す浪人者でございます。縁持ちまして、稼業は町の雑事を引き受ける、よろず請け負い猫の手屋の看板を掲げております。

浮世の風も、猫の渡世もいまだわからない粗忽者ではございますが、以後、お見知りおきくださいますよう、何とぞよろしくおニャがい申しあげます。

いや。

おニャがい申しあげます。

いやいや。

おニャがい申し、おニャがい……。


「お願い申しあげる！」

思わず大声をあげてしまった宗太郎は、おのれの声にびっくりして目を覚ました。

金色の目にまず飛びこんできたのは、幼いころから見慣れた拝領屋敷の格天井《ごうてんじょう》……ではなく、手拭いや褌《ふんどし》を干してある一宇の梁《はり》だった。

「ここは……、三日月長屋か」

宗太郎が、かれこれ半年以上にもわたって住み暮らしている九尺二間の裏店だ。

腰高障子の外からは物売りの威勢のいい声にはじまり、井戸端で朝餉《あさげ》の支度をするおかみさん連中の笑い声や、どぶ板を蹴って走る子どもたちの足音、さらには昼日中を待たずして騒ぎ出す油蟬の声が聞こえていた。

今日も、暑い一日になりそうだ。

宗太郎は毛深い半身をのそりと起こして、枕もとで焚《た》いていた蚊遣《かや》り木を土壁際へと押しやった。蚊遣りで焚くのは、榧《かや》の木だ。この木が〝かや〟という名になったのは、燻《いぶ》した煙が〝か〟を追い〝や〟るところから来ているらしい。

ただの人だったころは、夏場は萌黄《もえぎ》の蚊帳《かや》を吊るさなくては眠れなかったが、奇天烈な白猫姿になってからというもの、頭のてっぺんから足の先まで余すことなく泡雪の毛皮に覆われているせいか、それほど蚊や虻《あぶ》に刺されなくなった。

どのみち、手狭な裏店では蚊帳は邪魔になるので、宗太郎はこの夏は蚊遣り木のみを使うようにしていた。

「つまらん夢を見たな」

おとといの晩、宗太郎は猫のお白州に引っ立てられた。

その場で見聞きしたことが、よほど頭にこびりついていたのか、ふた晩続けて仁義を切る夢を見てしまった。

「この暑さであるからな、眠りが浅いのかもしれんな」

宗太郎はゆるく頭を振ってから、井戸端で顔を洗うために梁に干してあった手拭いを肩に担いで土間に下り立った。

猫が顔を洗うと雨になると言われるが、それがしは猫ではないので、空模様とは無縁である。猫は目玉が大きいせいか、しょっちゅう目やにが溜《た》まっていけない。毎朝、きちんと顔を洗っておかないと、目もとが涙やけを起こしてしまうのである。

「なんとも手のかかることよ」

なんていうことを考えながら、ガラガラッ、と。

宗太郎が勢いよく腰高障子を開くと、土間の真ん前で前脚を揃《そろ》えて座っている鉢割れ猫と目が合った。

「ぬ、千代紙か」

宗太郎は、わずかに肩を跳ね上げて身構えた。

おのれが奇妙奇天烈な白猫姿に身をやつすという憂き目に遭ったことで、これでもずいぶんと慣れてきた方だが、宗太郎はあまり猫が得意ではない。満ち欠けする月に似た目は不気味だし、蛸《たこ》のように、鰻《うなぎ》のようにくねくねする身体は骨が折れていそうで薄気味が悪い。

千代紙は、ぴちぴちと跳ねる泥鰌を数匹くわえていた。それらをペッと地べたに吐きだして、

「ブニャア」

と、ひと鳴き。

「それがしにくれるのか？」

「ブニャア」

猫のお白州の晩以来、千代紙が食べ物の差し入れをしてくれるようになっていた。

最初は、どこぞの台所から盗んできたものかと訝《いぶか》しんだ宗太郎だったが、長谷川町は犬好き猫好きが多く住んでいるので、そんなことをしなくても餌をくれる人はいくらでもいる。とくに、三日月長屋の面々はそろって猫好きだ。

「あれ、縁側は気前がいいね。猫太郎さんにお裾分けかい？」

井戸端から、手拭いを姉さん被《かぶ》りにしたおかみさんが声をかけて寄越した。

三日月長屋の表店《おもてだな》で、煮物でも和《あ》え物でもなんでもひと皿八文という安値で饗《きょう》する縄暖簾《なわのれん》なん八屋《ぱち》つるかめの女将《おかみ》のお軽《かる》である。

お軽はしっかり者の娘と三人のわんぱく坊主を育てる、肝《きも》っ玉《たま》母さんだ。若いころは鶴のように小股の切れ上がった評判の小町娘だったらしいが、今では腰回りの肉付きがずいぶんとよくなり、どことなく鶉《うずら》を彷彿《ほうふつ》とさせるずんぐりむっくりした立ち姿のため、あけすけな店子《たなこ》たちからはうずらかめの女将と呼ばれている。

「お軽どの、それがしの名前は猫太郎ではないのですが」

「縁側、それはあんたにやったんだから、気を回さずに食べればいいよ。猫太郎さんの分は、ちゃんとこっちに分けてあるからね」

こやつの名も、縁側ではないのですが。

千代紙には、折り紙という名の血のつながった弟猫がいる。千代紙、折り紙兄弟は、野良になる前にいっとき小間物屋で飼われていたことがあるらしく、猫が名乗るには少々風流過ぎる名をしているのだが、そうしたむかし話を知っている人は長谷川町でもおそらく宗太郎ただひとりだろう。

その千代紙が、一度くれてやったものを取りあげられてなるものかと言わんばかりの気迫で、地べたで跳ねている泥鰌を見つめていた。

「お軽どの。せっかくなので、それがしはこちらの泥鰌をいただきます。それがしに取り置いてくださった分を、千代……、いえ、縁側に分けてやってください」

宗太郎は台所から笊《ざる》を取ってきて、手の爪を出さないように気をつけながら、地べたの泥鰌をひょいひょいと拾い集めた。義理人情ならぬ、猫情にあつい千代紙の厚意をむげにはしたくないと思ったのだ。

「千代紙、いつもかたじけない」

「ブニャア」

宗太郎がかしこまった礼を述べると、千代紙は満足げな声をあげた。

それと同時に、

「さすがは猫先生、いつだってなんにだって礼を尽くすあたり、先生の中の先生でやんすね！　こいつは朝から、いいモン見せてもらいやしたぜ！」

と、いつからそこにいたのか、厠《かわや》の中から地面を蹴り上げるようにして歩く色男が飛び出してきた。

青々と剃《そ》りあげた月代《さかやき》がいなせな、お軽の亭主の三郎太《さぶろうた》だ。一端の遊び人を気取ってあっちふらふら、こっちふらふらしているのが玉に瑕《きず》だが、愛嬌《あいきょう》があって憎めない店子のひとりである。

「三郎太どの、それがしは猫先生でも先生の中の先生でもなく」

「縁側、お前もなんていい子なんだろうね。てめぇの分け前を新入りにくれてやるなんざ、人だってなかなかできるモンじゃねぇよ。おう、よちよち」

「いや、そやつは子ではなく」

「おいらたち三日月長屋の面々にとっちゃ、三光稲荷の野良猫たちは、みんな我が子みてぇなもんすよ。なぁ、かわいいなぁ」

かわいいかどうかはさておき、千代紙はざっと五十年は生きている成猫だ。そろそろ猫股になってもおかしくない猫を捕まえて、三十路《みそじ》の三郎太がいい子呼ばわりするのはいかがなものであろう。

猫好きは、猫に赤ん坊言葉で話しかけることが多い。

『おめめがぱっちりしてて、かわいいでしゅねぇ』

『よちよち、いい子におねんねしてましゅねぇ』

などなど、お軽たちおかみさん連中はよく猫撫《な》で声で野良猫に話しかけているが、小さな生き物がみな幼いのかというと、そうではないわけで、それなりに年を重ねている者どもからしてみれば、さぞや片腹痛く思っているに違いない。

「ブニャア」

ほら、千代紙も怒って……、

「いない！　喉を鳴らしている！」

三郎太に顎のあたりをまさぐられ、千代紙は気持ちよさそうに目を細めていた。

猫は、顎下から喉首にかけてが弱い。あのあたりをまさぐられると、ついご機嫌になって喉をごろごろと鳴らしてしまう。

それがしも気をつけなければ、と宗太郎はそっと衿もとをかき合わせた。

「猫先生、どうしやした？　寒いっすか、夏風邪っすか？」

「いやだよ、猫太郎さん、お腹出して寝てたんじゃないだろうね？　いくら上等な毛皮を着こんでても、寝冷えしちゃ元も子もないよ」

猫先生でも猫太郎でも、夏風邪でもないが、こうしたお節介あってこその三日月長屋である。

ふと、思う。宗太郎が裏店暮らしでお節介を覚え、よろず請け負い稼業をやろうと思ったのも、黒猫の言う『恩送り』というものなのではないか、と。

「どうやら、長谷川町は人も猫も世話焼きが多く集まっているようであるな」

ふはは、と笑って、宗太郎は井戸水におのれの手を沈めるのだった。


さて、朝からうだるような暑さとなった、この日。

泥鰌鍋をおいしくいただいた後で、宗太郎は長谷川町内のとある長屋の腰高障子の前にやって来ていた。当代きっての人気絵師、歌川国芳《うたがわくによし》の画室である。

町の雑事を引き受ける猫の手屋への依頼は、文《ふみ》の代筆、障子の張り替え、失《う》せ物探しから井戸さらいまで多岐にわたるのだが、宗太郎の見た目に期待を寄せるのか、商家から鼠《ねずみ》退治に〝猫の手〟を貸してほしいと頼まれることが多い。

「だが、しかし」

と、宗太郎は声を大にして言いたい。それがしは猫ではない。あくまで武士であって、鼠捕りの名人でもない。できることといえば、せいぜい鼠捕りの罠《わな》を仕掛けておくぐらいなものだ。

それなので宗太郎は鼠退治の依頼を受けるたび、鼠捕り薬の石見《いわみ》銀山を仕込んだら、あとは国芳の描《か》いた鼠除《よ》けの猫絵を置いて帰るようにしていた。

猫絵とは壁や柱に貼っておくお守りのようなもので、生き身の猫に代わって、墨絵の猫が傍若無人なふるまいをする鼠どもに目を光らせる趣向になっている。

言ってみれば洒落《しゃれ》のようなものなのだが、筋金入りの猫好きで知られる国芳の描く猫絵は、生き身の猫以上にご利益があるともっぱらの評判だった。

今日は、そんな猫絵を受け取りに来たのだが、

「なんでい、そりゃあ！　ふざけやがって！　そんな罰当たりどもは、七代先まで祟られやがれってんでい！」

という国芳の荒らげた声が土間の外まで漏れ聞こえていたため、宗太郎は腰高障子を叩こうとしていた拳をすんでのところで止めざるを得なかった。

「何ごとか……？」

一瞬だけ蟬しぐれが音を止めたようだったが、すぐにまた降るように鳴き出す。

今、七代先まで祟られやがれ、と聞こえなかったか？　それはつまり、猫に祟られろという意味であろうか？

普段から、国芳は粋がった男だ。齢《よわい》は不惑過ぎのはずだが、小柄な体軀《たいく》はいかにもはしこそうで、よく言えば若々しい。悪く言えば、落ち着きがない。べらんめぇ口調で弟

子を怒鳴りつけることも少なくないが、この日の怒声にはいつもの歯切れのよさが感じられなかった。

　ここでこうして立ち聞きしているのも、武士らしくない。腰高障子を開いて真っ向から何があったのかを問う方が、よっぽど潔い。

　そう思った宗太郎が汗ばむ拳を動かしたと同時に、中から腰高障子が開いて国芳が飛び出してきた。

「おっと」

「おおっと、猫先生！」

　こちらを見上げる国芳の目は、泣き腫らしたように赤くなっていた。びっくりして、宗太郎は自分が猫先生ではないことを言い置くのを忘れてしまった。

「国芳どの、いかがしましたか？」

「こりゃおったまげた！　猫先生の手を借りようと思って飛び出したら、猫先生の方からおいでくださるとは！」

「それがしに、なんぞご用でしたか？」

「あんこが……、あんこが死んじまったんですよ」

「あんこ？　おはぎに黴《かび》でも生えましたか？」

「違いますって。あんこっつったら、鼻の横に黒いぶちのあった白猫のことですって」

「なんと、あの肥えた猫ですか？」

国芳は、長屋で何匹もの猫を飼っている。

犬猫がらみの願掛けにご利益のあることで知られる三光稲荷は、近隣に犬好き猫好きが多く住んでいると高をくくる不届き者によって、よく犬猫が捨てられる。〈捨て犬、捨て猫御免〉の張り紙が貼られているにもかかわらず、その数は増える一方で、仔犬《こいぬ》や仔猫の生まれる春先には宗太郎が毎晩見回りをしていたこともあった。

そうした捨て猫を拾って、国芳は育てているのだ。それも一匹二匹ではないので、宗太郎はいちいち名まで把握してはいなかったが、鼻の横の黒いぶちがあんこをくっつけているように見える太った猫がいたのは覚えている。

「毛艶もよく、丈夫そうに見えましたのに」

「食いしん坊でしたからね、それが仇《あだ》になったのかもしれません。腐ったもんでも拾い食いしたみてぇで、昨日のうちに腹ァ下してぽっくり逝っちまったんですよ」

「それは……、ご愁傷さまで……」

宗太郎はしんみりとつぶやいて、松葉に似たひげをすぼませた。

この暑さでは、生魚などは傷みが早い。ただの人だったころは思いもしなかったことだが、この奇妙奇天烈な白猫姿になってからの宗太郎は、うっかりすると堀割を流れる水の生臭さや河岸《かし》に落ちている生魚のにおいに心奪われることがある。そうしたものを安易に口にすれば、腹も下そう。

「それで、そのあんこの死で、それがしにどういったご用が？」

「猫先生には七代先までと言わず、末代まで祟ってもらおうと思います」

「はい？」

「畳じゃありませんよ、祟りですよ」

それはわかっているが、穏やかならぬ話だ。

「まぁ、聞いてください。おいらね、猫たちの来世があったけぇもんでありますように
ってんで、あいつらが死ぬと必ず回向院《えこういん》に弔ってもらってるんですよ」

「回向院は、動物供養でも知られていますからね」

「戒名をもらって、位牌《いはい》も作ります」

「面倒見のよいことです」

「それなのにですよ、そのための供養代を奪い取りやがった罰当たりがいるんですよ」

「なんですって？」

「いんや、銀子《ぎんす》なんざ、この際くれてやりますよ」

声を震わせながら、国芳が墨で汚れた両手を胸の前でぐっと強く握る。

「おいらが悔しいのは、あんこの亡骸《なきがら》までかっさらわれて、大川へ投げ捨てられちまっ
たってことです」

「亡骸を！　それは不埒千万《ふらちせんばん》！」

宗太郎は金色の目をカッと見開いて、怒りをあらわにした。

石部金吉の宗太郎は、曲がったことをする者が許せない。いわんや、死を冒瀆《ぼうとく》するような所業は言語道断である。

「ほらね、祟ってやりたくもなるでしょう？」

「いや、それはまた別の話ですが」

「後生ですから、猫先生。おんなじ猫として、あんこの敵《かたき》を取るのに、この手を貸してはくれませんかい？」

そう言うと、国芳は両手ですばやく宗太郎の右手をつかんだ。

このとき、さりげなくあずき色の肉球をぷにぷにと押してくるあたりが、いかにも国芳らしくて抜け目がない。この稀代《きたい》の絵師は、猫の肉球を好物にしていた。

「それがしは猫ではないので祟ることはできませんが」

と、宗太郎は鳥肌の立った腕をそっと引っこめ、咳払《せきばら》いをしてから続ける。

「罰当たりめを懲らしめることで、あんこの敵を取れるというのであれば、この〝猫の手〟をよろこんでお貸ししましょう」

「ありがたいの浜焼き！」

いつも世話になっている国芳の頼みとあっては、端から断れるはずはなかった。

それに、こんな不埒千万、猫の手屋としては放っておけない。宗太郎は世のため、人のため、猫のために〝猫の手〟を貸すことを生業にしているのだから。

祟りとは別の手段で罰当たりめを懲らしめてやろう、と宗太郎は腹を据えた。

「して、国芳どの。この一件、誰ぞの所業なのかはわかっているのですか？」

「それがよくわからねぇんですよ。ところのならず者が相手だったらしいんですけどね、あいつの話は埒が明かなくていけねぇ」

「あいつ？」

国芳がため息をこぼしながら、四畳半に向かって呼びかけた。

「米芳《こめよし》、ちょいと来な」

「はい」

と、蚊の鳴くような声がして、巨漢が出てきた。

「猫先生、こいつはウチの力士です」

「力士？　相撲《すもう》取りということですか？」

「いやいや、弟子です。見た目が力士っぽいから、そう呼んでいるだけで」

それは、失敬ながら、まんまるに太っているということであろうか？

これまで拝領屋敷と剣術道場の往復しかして来なかった宗太郎は、相撲を観たことがない。力士というと相撲絵の中にのみ息づいている類のものだったので、目の前にいる弟子がただの巨漢なのか、元力士なのか、見分けるのは難しかった。

年は宗太郎よりは上のようだが、まだ三十路手前かと思われる。

「米芳、猫先生に名乗って差しあげな」

「はい」

弟子が頭を下げたら、びゅん、と生温《なまぬる》い風が吹いた。巨漢の割に動きが速い。

「わたくし、米俵の米に国芳先生から芳の一字をいただいた、歌川米芳と申します。猫先生のことは、国芳先生から聞いてよっく存じております」

「それがしは猫先生ではなく、近山宗太郎と申します」

「猫太郎先生、以後、お見知りおきください」

「猫太郎先生でもなく」

米芳は宗太郎の奇妙奇天烈な白猫姿を前にしても、不躾《ぶしつけ》にじろじろと見たり、驚きに目を白黒させるようなことはなかった。

それだけしょっちゅう国芳から話を聞かされているのか、それとも、単に肝が据わっているだけなのかは定かではないが、大きな身体に似合わず、小さな声でぼそぼそとしゃべる姿は微笑《ほほえ》ましいものがあった。目尻の垂れた顔立ちも人好きがする。

何より、名は体を表すというが、いかにも米をたくさん食いそうな風体《ふうてい》に米芳とは言い得て妙の雅号だと宗太郎は思った。

「ゆんべ、国芳先生に使いを頼まれまして、わたくしがあんこの亡骸を回向院に運んでおりました」

「災難なことです、怪我はありませんでしたか？」

「はい、わたくしはご覧のようにピンピンとしております」

米芳がその場で足踏みをしてみせると、どぶ板が悲鳴をあげるような音を立てた。

「それはよかった」

と、宗太郎はうなずき返しながら、どぶ板が割れないことを祈った。

「ゆうべというのは、なん刻《どき》ごろだったのでしょう？」

「宵五つ（午後八時ごろ）くらいかと思います。両国橋《りょうごくばし》を渡った東詰で、ひょっくりと姿を見せたならず者から、金目の物を出すようにと執拗《しつよう》に強請《ゆす》りたかられました」

すると、国芳が米芳のまんまるな背中を平手で叩いた。

「お前、ここを出てったのは暮れ六つ（午後六時ごろ）前だったじゃねぇか。向こう両国まで、なんで一刻《いっとき》（約二時間）もかかるんでい」

「それが、その……。ゆんべは犬の糞《ふん》を踏んだり、草履の鼻緒が切れたり、いつもより小腹の空きが早かったものですから、屋台をはしごして蕎麦をたぐって、鮨《すし》をつまんでといろいろありまして」

「って、またそれかい！　お前って野郎は、二六時中食ってばっかじゃねぇかい！」

「あいすみません」

回向院は、向こう両国と呼ばれる両国橋東広小路《ひがしひろこうじ》の一町ばかり東に建つ、浄土宗の寺院だ。宗派を問わずに江戸市中で横死した無縁仏を受け入れ、また、軍馬や犬猫などの動物の埋葬にも手厚いことでよく知られている。

猫の亡骸を懐に入れたまま、よく飯なんぞ食う気になれるな。

宗太郎はまずそんなことを思ったが、米芳ほどの体格にもなると、数町も歩けば腹が空いてたまらなくなるものなのかもしれない。

しかし、ここでひとつ引っかかることもあった。

「米芳どの、ならず者はひとりでしたか？」

「え？」

宗太郎に問われ、米芳は丸い顔に埋もれる垂れ目をわずかに見開いた。

「あ、いや、お気を悪くされたのなら申し訳ない。そこもとは、その、力士と見紛《みまが》うような体格をしておられるので、そうした御仁をひとり張って襲うものかと」

米芳の身なりが商家の若旦那風情ならまだしも、洗いざらしの単衣《ひとえ》はどう見ても長屋暮らしのそれだし、夜目ではますますもって力士にしか見えなかったであろうし。

「ならず者はよほど腕に覚えがあったのか、それとも、ただ向こう見ずなだけなのかと思いまして」

「ならず者はドスをちらつかせていました。それに恥ずかしながら、わたくしが千鳥足でしたので、お茶の子さいさいだと思われたのでしょう」

「ははぁ、酒ですか」

耳の痛い話になってきて、宗太郎はしっぽりと濡れた鼻を舌先でペロリと舐めた。

「米芳、お前って野郎は酒まで飲んでいやがったのかい！」

国芳が米芳のまんまるな背中を叩く手を、平手から拳に変えた。

「落ち着いてください、国芳どの。悪いのはならず者です。米芳さんが無事であっただけでもよしとしましょう」

「むむ……。これで米芳にまで何かあったら、おいらは……」

喜怒哀楽のはっきりしている国芳が、しんみりとした顔になって拳を開いた。その手をじっと見つめたあとで、弟子の太い二の腕を労《いたわ》るようにさすって言う。

「やい、米芳。お前、絵筆を握る手は大事にしなきゃいけねぇよ。ドスなんかで切りつけられねぇでよかったな」

「国芳先生……」

「元はと言えば、おいらが使いを頼んだのがいけねぇんだよな。すまねぇ」

「よしてください、めっそうもないことです。国芳先生があやまることなんて、これっぽっちもありませんです」

「今日はもういいぜ、向島《むこうじま》の長屋に帰ってお前の仕事をしてくんな」

米芳は今日はこれといった国芳の手伝い仕事があるわけではなかったそうだが、昨夜の出来事を知らせるために、わざわざ大川を越えて長谷川町までやって来たそうだ。

「米芳どのは、向島のどのあたりにお住まいなのですか？」

「三囲《みめぐり》神社そばの、小梅村《こうめむら》です。ここからだと向こう両国は通り道になりますので、これまでも何度か回向院への使いを買って出ていました」

「ほうほう、そうでしたか」

向島界隈は日本橋から数えて一里と数町、時にすれば徒歩で半刻（約一時間）ほどはかかるだろう。

この暑い中、巨体を揺らして、酒での粗相をあやまるためだけに師のもとに出向いてきた弟子の胸中を慮《おもんぱか》ると、宗太郎はとてもではないが米芳の身に振りかかった災難を他人事《ひとごと》だとは思えなかった。

「では、わたくしはこれで」

米芳が丸い顔に浮かぶ玉の汗を手拭いでしきりに拭いながら、頭を下げた。

「あ、お待ちを」

宗太郎はとっさに米芳を呼び止めて、国芳を見た。

「国芳どの。必ず、それがしが罰当たりめを懲らしめてやります」

「そこで、蝦蟇《がま》の権七《ごんしち》親分にも話をつけておきたいので、ならず者の人相を墨絵にしてもらえると助かるのですが」

「ありがてぇことです」

　不幸中の幸いなことに、米芳は絵師である。酔っていたとはいえ、自分を襲った男の顔かたちぐらいは覚えているだろう。

　蝦蟇の権七親分は、長谷川町界隈をシマにする老練な岡っ引きだ。猫の手屋の看板を掲げて町の雑事をあれこれ請け負っている宗太郎は、これまでも何度か親分と力を合わせて騒動に当たることがあった。ことによっては、今回は向こう両国界隈をシマにする親分も巻きこんでのひと悶着《もんちゃく》になるかもしれない。

　そうしたときに、人相を墨絵にしておけば何かと役に立つと考えたのだ。

「なるほど、人相書きってヤツですね。そりゃ名案です」

　国芳が、右手の人差し指で宙にへのへのもへじを描いてみせる。

「どうだい、米芳、ならず者の面を墨絵にできるかい？」

「はい、米芳の名にかけましても」

「よく言った、それでこそ絵師よ！　存分に描いてやんな！」

　宗太郎には、まったく絵心がない。国芳や米芳の墨で汚れた手を頼もしくも、うらやましくも思う。

ふたりのやる気につられて、宗太郎は長くひんなりしたしっぽを立てた。

しっぽを立てると言えば、このとき、国芳の四畳半から出てきた三毛猫が長屋のどんつきの日陰で、糞でもしたいのか、しっぽを立ててせっせと土を掘りだした。

どんなに小さな身体でも、猫たちは力いっぱい生きている。

その亡骸を大川に投げ捨てた罰当たりめを、宗太郎は決して許さでおくものかと改めて思うのだった。

三

すっと通った鼻筋にこけた頬、地面をうがつようにとんがったおとがい、吊り上がった目。

歌川米芳の描いたならず者の人相は、いわゆる、狐顔《きつねがお》というやつだ。おまけに、この男、右頬に十字の古傷があるらしい。

『こりゃいい、人目に付く顔ですな。この人相書きさえありゃ、追っつけしっぽをつかめるでしょうよ』

人相書きを見た蝦蟇の権七親分は、開口一番、そう言った。宗太郎も、これは存外早く罰当たりめを懲らしめることができそうだと高をくくっていた。

ところが、数日経っても、それらしい狐顔の男を見かけたという人にとんと出会えない。両国橋東広小路だけでなく、西広小路でも聞きこみをしてはいるのだが、芳しい話は一向に聞こえてこなかった。一体全体、罰当たりめはどこに雲隠れしているのやら。

連日、江戸市中は抜けるような青空に覆われ、大川は眠りについた大蛇のようにてらてらと川面《かわも》を光らせていた。

「それにしても暑いな」

両国橋へ向かう道中、宗太郎は日除けのために被っていた編《あ》み笠《がさ》を指先でつまみ上げては、何度となく大川端の蝉しぐれを見上げた。

油蝉がジーッとひと鳴きするたびに、身体中の毛穴から汗がしたたり落ちるようだった。と言いたいところだが、猫は肉球と鼻にしか汗をかかない。

そのことを、宗太郎は夏本番を迎えて初めて知った。額や背筋を汗がしたたることがないのは助かるが、だからといって暑くないわけではない。むしろ、毛皮を着こんでいる分だけ暑い。

「ふうぅ」

と、宗太郎は両手を開いてあずき色の肉球に長い息を吹きかけた。合間に、しっぽりと濡れた鼻もペロリ、ペロリ。

そんなことを何度か繰り返しているうちに、どこからか醤油《しょうゆ》の焦げたにおいが漂ってきていることに気づいた。

「くんくん、このにおいは……」

蒲焼《かばや》き、か。

そう思ってキョロキョロとすると、川風が気持ちいいことから岡涼《おかすず》みと呼ばれる大川端の一角に、鰻の辻売りが出ているのが見えた。

「もう昼すぎであるしな。ここいらで、少しつまんでおくのもいいであろう」

今日の宗太郎は三日月長屋の地主である大伝馬町《おおでんまちよう》の太物問屋三升屋《みますや》の依頼で、早朝から井戸さらいをこなしていた。腹が空いていないはずはなかった。

盛り塩に吸い寄せられる牛のように、宗太郎は鰻の辻売りへと近づいていった。

「親父《おやじ》、ひと串いくらですかな？」

「へい、十六文になりやす」

「安い！」

店売りの鰻なら大きいものでひと串二百文はするが、辻売りだと十分の一もしない値で食べられるとは驚きだ。

宗太郎は、毛深い手で波銭《なみせん》を四枚差し出した。それが人ならざる者の手であることに気づいた辻売りが、月代までよく日に焼けた顔を遠慮なく上向けて、編み笠に隠れた面相をのぞきこんでくる。

「おやおや、これは立派なご面相ですこと。歌川国芳の錦絵から抜け出たまんまの、猫のお武家さまにございますね」

「猫の、は余計です」

そう否定しつつも、さもありなん、と宗太郎はふてぶてしい面構えになった。

この業の深い姿を初めて見る人のうち十人中八、九人が同じ台詞《せりふ》を口にする。国芳は猫好きなだけに、猫を人に見立てた戯画を数多く手がけているからだ。

一方で、残りのひとりふたりは何を言うかというと、大抵が『化け猫』と叫ぶ。あるいは、今のような食べ物がらみの場合であれば、『泥棒猫』と言われたこともある。

「どれ、猫のお武家さまが、もっとうまく猫から人に化けられるように、おまけで鰻をもう半分足しておきましょうやね」

「それがしは、猫が人に化けているわけではないのですが」

猫、猫、とひと言多いのは気になるが、鬢《びん》のあたりに白いものがまざる辻売りは気のいい親父のようだった。

辻売りは地べたに片膝を立てて座りこみ、大盥《おおだらい》に渡したまな板の上で鰻をさばいていた。京坂の鰻は腹を割くが、江戸では背中を割いて蒲焼きにする。腹を割くのは切腹を思い起こさせるというので、武士の町では忌避されているのだ。

ほかに客もいないので、宗太郎は辻売りが気前よくおまけを刺してくれた不格好な大串をありがたく受け取った。

がっつくほどの空腹というわけでもなかったのに、醬油と味醂《みりん》酒のタレのにおいを嗅いだら、思わず涎《よだれ》がこぼれ落ちそうになった。

そして、ひと口食べてみて、

「まずい！」

と、叫びそうになるのを、宗太郎はどうにかこうにか踏みとどまった。

これが寒い時分ならば、くしゃみをしたついでに口の中の物を吐き出すこともできただろうに。いやはや、寒くなくてもお天道《てんとう》さまを見上げればくしゃみは出る。ここはひとつ、くしゃみが出たフリをして吐き出すことにしよう。

などと思っているうちに、間違えてゴクンと丸飲みしてしまった。

「おや、もう食べちまいましたかい。猫は嚙《か》まずに丸飲みするってぇのは本当なんですね。お猫さま、もう一本焼きますかい？」

「いや、結構」

『猫のお武家さま』から『お猫さま』になっていたが、それを問い質《ただ》す気にもなれないくらいに、まずい鰻だった。皮がかたくて身はパサパサ、タレの味しかしない。

安かろう、まずかろう、とはこういうことを言うのかと、世間知らずの宗太郎はまたひとつ市井《しせい》の世知辛さを学んだのであった。

「では、それがしはこれで」

宗太郎はいつも懐にしのばせている煮干しを口直しに頬張りながら、逃げるようにその場を後にした。

が、すぐに足を止め、そっと後じさり、足早に鰻の辻売りのところへ引き返したのには訳がある。

「おや、お猫さま、いかがしやしたかい？」

「い、いや……、その、せっかくなので、もうひと串いただこうかと」

「そうですかい。あっしの鰻が、そんなにお口に合いましたかい」

まったくもって口には合わなかったが、岡涼みに建ち並ぶ茶屋前に因縁ある人物を見つけてしまったのだ。

「このまま大川端を進めば、あやつと鉢合わせしてしまう」

それだけはなんとしても避けたかった。あやつか、まずい鰻か、天秤《てんびん》にかけてまずい鰻を選んだ。

宗太郎が三つ鱗の形の耳だけを後ろに向けて様子をうかがっていると、

「おねこー！　にゃんまみ陀仏《だぶつ》にゃごにゃごにゃご！」

というお決まりの台詞のあとに、ガラガラと錫杖《しゃくじょう》がやかましく鳴る音までがはっきりと聞こえてきた。今日もまた、あやつは胡散《うさん》臭い回向《えこう》をしているようである。

何も見なかった、聞かなかったことにしよう。

耳を前に戻した宗太郎は何食わぬ顔で、辻売りが鰻を焼く手もとを見つめた。この暑さに、炭火の熱さも加われば、さぞや地獄谷であろう。

なんていうことを考えていると、足音は聞こえないのに錫杖の音だけが猛然と背後から近づいてくる気配がして、

「猫先生、見つけましたよ」

と、出し抜けに長くひんなりしたしっぽをつかまれてしまった。

「ええい、しっぽをつかむな！」

「そうでしたね。つかむと言えば、ここですね」

今度は首根っこをつかまれ、宗太郎は猫背になって固まった。母猫がよく仔猫の首根っこをくわえて歩いているが、猫は首の裏をつかまれると身体が強張《こわば》ってしまう。

それでも、それがしは猫ではないわ、という確固たる矜持《きょうじ》のもと、

「ちょこざいな！」

と、牙をむいて遠慮のない手を振り払い、どうにかこうにか宗太郎は因縁ある人物と向き合った。

目の前に立つのは、不愉快な猫の目鬘《めかづら》を着ける托鉢僧《たくはつそう》だ。錫杖の代わりにとこぶしの貝殻をぶら提げた杖《つえ》を持ち、鉄鉢《てつぱつ》の代わりに大きな鮑《あわび》の貝殻を手にしている。

声は凜々《りんりん》として若く、背は宗太郎よりも拳ひとつ分ほど高い。

こやつは猫の托鉢僧の出で立《い》ちで町内を練り歩き、回向院をもじって『ねこう院』と称する洒落で回向だなんだとのたまっては施《た》しを受ける、いわゆる物乞いである。

しかし、よく見ると麻の法衣《ほうえ》も、白の脚絆《きゃはん》も、まったく汚れていない。編み笠で隠した髪からは、いかにも値が張りそうな甘い髪油の香りまでする。

それもそのはず、これはこやつの仮初めの姿にすぎない。その正体は浅草猿若町《あさくささるわかちょう》の大部屋役者、中村雁弥《かりや》だった。

「猫先生、今、わたしに気づいていたのに知らんぷりしましたよね？」

「それがしは猫先生ではない」

「わたしに気づいていたのに、回れ右しましたよね？」

「回れ左ならよかったのか？」

とある騒動をきっかけに、石部金吉の宗太郎は、おのれの真逆を生きているような胡散臭い男と知り合いになった。それが、この雁弥だ。宗太郎としては、できれば二度と会いたくないと願っているのだが、なぜだか、すっかりなつかれてしまっていた。

「へい、お待ち。お猫さま、焼けましたよ」

ふたりがごたごたしているところに、辻売りがのん気な声をかけて寄越した。

大串を受け取って、宗太郎は雁弥に差し出した。

「そこもとにくれてやろう」

「えっ、いいんですか？　真夏に雪が降るんじゃないでしょうね？」

宗太郎にしては珍しく悪戯心《いたずらごころ》が湧き、雁弥が辻売りの鰻にどのような態度を取るのかを見てやろうと思った。

そうした魂胆があるとも知らずに、雁弥はとこぶしの錫杖をガラガラと鳴らして、真面目腐った大声を張り上げた。

「ねこう院仏しよう！」

「頼もう」

「おねこー！　にゃんまみ陀仏にゃごにゃごにゃご！」

胡散臭い回向をしてから、猫の托鉢僧が目鬘をずらして、女のように赤いくちびるを開いて鰻を頬張る。

「うん、まずい」

口の中の物こそ吐き出さなかったが、若さゆえの怖いもの知らずからか、雁弥は遠慮のない言葉を吐いていた。

「話にならないほど、まずい鰻ですね」

「ハハ。ねこう院の兄ちゃん、辻売りの鰻がうまいわけねぇって」

なんと、辻売り本人がしれっと言いきった。身も蓋もないと言ってしまえばそれまでだが、この潔さが江戸っ子のなのかもしれない。

「でも、これ、タレはうまいです」

「おう、そうだろう。醬油と味醂酒の秘伝のタレよ」

まずいと言いながらもペロッと鰻を平らげた雁弥と、話し好きな辻売りがタレ談義を始めそうだったので、宗太郎は今のうちに両国橋へ向かってしまおうと静かに足を踏み出した。

はずなのだが、またしても長くひんなりしたしっぽをつかまれる。

「しっぽはつかむところではないと何度言えば覚えるか！」

「だって、猫先生、つかんでいないとふらふらとどこかへ行ってしまうでしょう」

猫先生ではないと何度言えば覚えるか。

「それがしは、そこもとと違って忙しいのでな」

「さては、また何か厄介ごとに首を突っこんでいるんですね？」

「むむ、手を貸していると言え」

首と手、部位が違うだけでずいぶんとお節介焼きに聞こえるものだ。

雁弥のこうした不躾な詮索が面倒なので顔を合わせたくなかったのだが、こうなったからには仕様がない。それに、托鉢なんていうことをしているからには、存外、こやつは顔が広いかもしれない。

そう思い直した宗太郎は、懐から人相書きを取り出した。

「ところで、雁弥。そこもと、両国橋界隈で、この男を見たことはないか？」

「おや、人相書きですか」

雁弥が指先に付いた蒲焼きのタレを法衣で拭きながら、人相書きをのぞきこむ。

「これはまた絵に描いたような、ならず者ですね」

「見てわからんか、絵であるぞ」

「そういうことを言っているんじゃありませんって。この男、どんな悪さをしでかしたんです？」

「不埒千万、猫の敵である」

宗太郎は国芳の弟子の米芳が猫の供養代ばかりか、猫の亡骸まで奪われてしまった顚《てん》末《まつ》を雁弥にこんこんと語って聞かせてやることにした。

雁弥は話を聞きながら、いつものように茶々を入れるでもなく、ただ黙って小刻みに何度もうなずいていた。その表情までは、目鬘を着けているのでわからない。

「なるほど。仮にも、ねこう院を名乗る身としては聞き捨てならない話ですね」

「ところの親分たちにも動いてもらっている。見つけ出して、しかと懲らしめてやらねばなるまい」

「それで人相書きを持ち歩いているというわけなんですね」

「ふむ。連日、両国橋のこちらと向こうで聞きこんでいるのだが、なかなかどうして男にたどり着けずにいる」

　辻売りにも見せてみたが、

「さぁて。こんだけクセのある顔なら一度見たら忘れねぇとは思いやすが、見たことねぇですねぇ」

　と、申し訳なさそうに頭を下げられる。

「雁弥は、どうか？」

「そうですね。見たことがあると言えばある気もしますし、見たことがないと言えばないような気もします」

　こちらは、いかんとも煮え切らない答えが返ってきた。こんな胡散臭い男に訊いたのが間違いだった。

「猫先生、こんな人相書きではなんの役にも立たないと思いますよ」

「なんと？」

「今食べた、辻売りのまずい鰻と同じですって。蒲焼きと書かれた看板にタレのにおいを嗅げば、うまい鰻を食べられると思いこんでしまう。でも、どうです、本当のところはまずかったでしょう？」

「これ、雁弥。『まずい』を連呼するな」

宗太郎は辻売りの耳を気にしたが、あっしは構いやしませんよ、と当の本人はのん気に額の汗を手拭いで拭っていた。

「この人相書きの男、見るからに悪さをしでかしていそうな面構えですけど、逆に言えば、こういう顔をしていれば凶状持ちなのではないかと思いこんではいませんか？」

「思いこみ？　いや、しかし、これはならず者に襲われた米芳どのがみずから描いたものであるぞ」

「でしたら、なおのこと。たとえば、恐怖と怒りで、こんな悪相の男だと思いこんでしまっているのかもしれませんよ」

そうなのであろうか？

雁弥の言わんとしていることが今ひとつ胸にすとんと落ちて来なかったため、宗太郎は首をひねった。

「フフ。わからないというのなら、それもまた猫先生らしくていいでしょう」

「人を朴念仁《ぼくねんじん》のように言うな」

こやつの方が年若のくせに、こういうところも不躾で小憎らしい。

「ねぇ、猫先生、この世のすべてに表と裏があるんですよ。表と表、裏と裏なんてことはないんです」

「そんなことはわかっている」

「そうですか、それならよかったです。では、この一件、わたしの猫の手もお貸ししましょう」

雁弥が、肉球もなければ毛深くもない手をひらひらと振る。

「って言いたいのは山々なんですけどね、わたし、夏狂言でこれからこっちとんでもなく忙しくなるんですよね。それこそ猫の手も借りたいくらい」

芝居小屋というところは戸という戸を立て切って興行しているため、風通しがすこぶる悪い。その上、役者は何枚もの衣裳《いしょう》を重ね着して動き回るので、夏場は尋常じゃなく暑くなる。そこで、芝居町では夏狂言は体力のある若手中心の興行を打つことが慣例になっているそうで、しばらくは雁弥も浅草猿若町の中村座に籠ることになると言う。

「ほほう、そこもとが役者というのはまことであったのだな」

「ねこう院は、あくまで衆生《しゅじょう》を救うための善行ですから」

「役者だけでは食べていけないから、物乞いの真似ごとをしているだけであろう」

「表舞台があれば、裏舞台もある。これも芸の肥やしってヤツです」

この口が達者なところもまた、小憎らしい。

「ですけど、わたしも同じ猫として猫の敵は許せませんから。狐顔の男が早く見つかるように、気にかけておきます」

「そこもとは猫ではないであろう」

一拍置いてから、それがしも猫ではないがな、と宗太郎は付け足す。はたから見れば、編み笠を被った二匹の大きな猫が、仲良く顔を突き合わせて鰻をむさぼり食っているように見えるのかもしれないが、それがしたちは仲がよいわけでもなければ、猫でもないのである。

遠巻きにちらちらと二匹を、いや、ふたりを見ている往来の人々に、宗太郎はそのことを声を大にして言ってやりたかった。

翌朝、三光稲荷の野良猫が死んだ。

千代紙一家の、まだ若い錆《さ》び猫《ねこ》だ。数日前から食欲をなくし、祠の縁の下に一匹で隠れていることが多くなっていたので、三日月長屋の面々が何かと気にかけてはいたのだが、連日の暑さには勝てなかったようだ。最期は、なん八屋つるかめの女将のお軽が看《み》取《と》った。

「猫太郎さん。猫は自分のアレがわかるっていうのは本当なんですかねぇ？」

三日月長屋の井戸端で、つるりとした出額《でびたい》のぬらりひょんがしんみりと声を落として訊いてきた。と言っても、でこっぱちが似ているというだけで、まともに妖怪なわけではない。大家の、惣《そう》右《え》衛門《もん》である。

「猫太郎ではありません、宗太郎です。アレ、と申しますと？」

「おや、聞いたことありませんか？　ほら、猫はアレのときを察して、ふらりとアレをアレするって言いますでしょう？」

「惣右衛門どの、アレ、が増えています」

年のせいなのか、癖なのか、惣右衛門は会話の中でむやみにアレを連発するアレ大明神でもあった。今の場合だと、話の前後から考えて、猫は臨終のときがわかるということを言いたいのではないかという見立てができる。

猫はよく、死の直前に姿を消すと言われる。とくに野良猫は忽然《こつぜん》といなくなることがあって、あいつの顔を近ごろ見ないね、死んじまったのかもね、なんていう会話が長谷川町でもたびたび飛び交っていた。

本当に、猫はおのれの死を悟るのであろうか？

宗太郎は、いつだったか、それについて猫股の黒猫に訊いてみたことがあった。

『そもそも、臨終とはなんぞや』

と、黒猫はニヤニヤと笑いながら説法をたれた。

『裸虫《はだかむし》どもの目には老いてふらふらしているように見える猫に限って、丑三つにもなれば頭に手拭いをのせてかくしゃくと二本脚で踊っているものよ。彼奴《きやつ》らは黄泉《よみ》へ旅立ったのではないわ、猫山へ修行に出たのよ』

いよいよ、人に化けるために。

黒猫の言うことがどこまでまことを帯びているかはわからないながら、宗太郎は実際におのれの目で二本脚になって歩く猫を何匹も見ているだけに、この話をあながちでたらめとも思えなかった。

猫山がどこにあるかは教えてはくれなかったが、とても険しい山なのだそうだ。修行も厳しい。それでも、猫たちは猫の恩返しのために精進する。

ひょっとしたら、今朝がた死んだこの野良猫も、肉体を捨てて魂だけになって猫山へ修行に出たのかもしれない。

真相はともかく、たいていの野良猫は死にざまを見せないものなのだが、ごくまれにこうして三日月長屋の誰かが最期を看取ったときなどには、厠の下肥《しもごえ》を売って得た金子を供養代に充《あ》てて、亡骸を回向院で弔ってもらうようにしていた。

「では、猫太郎さん、この子のアレをよろしくお願いしますよ」

「宗太郎です。承知しました」

今回は猫の手屋としてではなく、三日月長屋の店子総代として、宗太郎が回向院まで亡骸を届ける役目を請け負った。初めてのことなのでいささか肩に力が入ったが、惣右衛門から手渡された野良猫を胸に抱きかかえたら、そのあまりの軽さに思わず知らず涙がこぼれ落ちそうになった。

「なんとも小さい身体ではないか……」

まだ温かい。それなのに、蛸のように、鰻のようにくねくねするはずの身体は風呂敷《ふろしき》に包まれて、もう決して脈打つことはない。

宗太郎が編み笠に隠れた鼻をぐずつかせながら三光新道《じんみち》に出ると、木戸前で千代紙が前脚をそろえて座りこんでいた。

「いかがした、千代紙」

「ブニャア」

「そうか、義兄弟の死を悼んでいるのか」

猫、というより、生き物は総じて死のにおいのする仲間には近づかないと言うが、千代紙は宗太郎の足もとまでやってきて、

「ブニャブニャブニャ」

と、念仏を唱えるように長く鳴いた。雁弥のねこう院の念仏より、よほど尊いものに聞こえた。

「任せておけ、きちんと供養してくる」

宗太郎は千代紙の目を見てうなずき、颯爽《さっそう》と歩き出した。

が、三光新道から大門《おおもん》通りに出る辻に差しかかったところで、向こうからこちらへ飛びこんでくる人物がいて、宗太郎は出鼻をくじかれるように立ち止まった。

「猫先生、おはようございます」

　その人物は、道幅いっぱいほどに身幅のある巨漢だった。

「それがしは猫先生ではありませんが」

　と、律儀に正してから宗太郎が編み笠を指先で持ち上げてみれば、目の前に丸い顔が見えた。

「これは、米芳どのではありませんか」

「お騒がせしております。国芳先生が、あんこの敵はいまだ取れまいかとおっつおいつしておりますものですから、ちっくり様子をうかがいに参りました」

「ははぁ、それはご足労かけて申し訳ない」

「猫先生は、これからどこかへお出かけでございましたか？」

「ええ、回向院へ」

「回向院へ？　それは、人相書きの男にかかわることで？」

「いやいや、それについては、なかなか色よい知らせをお届けできずに面目ない。罰当たりめの行方は杳《よう》として知れず、気ばかりが焦っている次第です」

　宗太郎は猫背を伸ばして、米芳と向き合った。

　何か耳寄りな手がかりを仕入れてから国芳のもとを訪れようと思いつつ、空振りが続いているため、あの日以来、宗太郎は画室を訪れていなかった。

「そうですか。やはり、早々には見つかるわけがございませんよね」

　ぼそぼそとしゃべる米芳は、鬢も単衣もしたたる汗で夕立に遭ったみたいに濡れそぼっていた。その汗をしきりに拭っている手拭いも、びしょ濡れだった。

「無駄足を踏ませてしまいましたな」

「めっそうもございません。猫先生も蝦蟇の親分もお忙しいところを、あんこのためにおありがとうございます」

　びゅん、と米芳は今日もまた勢いよく頭を上げ下げしていた。

　続けて、丸い顔に埋もれる垂れ目で宗太郎の懐を見やると、

「ところで、回向院へお出かけということは、その風呂敷包みはひょっとして？」

「今朝がた死んだ、三光稲荷の野良猫です。これから弔ってもらうところでして」

「戒名をもらうんですか？」

「野良猫ですので、戒名はいただきません。供養代だけ納めて仕舞です」

「そういうことでしたら、わたくしが回向院まで参りましょう。慣れておりますので、お任せください」

　と、米芳は手妻遣《てづまづか》いのような器用さで、宗太郎の懐から風呂敷包みを取り去った。巨漢の割に、この御仁、とにかく動きが速い。

「いや、結構。これは三日月長屋の店子総代として、それがしが請け負った役目です」

宗太郎も、負けずに素早く動いて亡骸を取り返した。

「ご遠慮なさらず」

「遠慮ではなく」

「お任せください」

「それがしにお任せあれ」

そんな押し問答を、焼けつくような暑さの中で何度か繰り返したとき、

「あいすみませんが、そこを通しておくんなさい」

と、大門通り側から、天秤棒で荷を担ぐ冷や水売りが声をかけて寄越した。三光新道は細い路地なので、巨漢の米芳ひとりが立っているだけで道が塞がってしまうのだ。

「おっと、邪魔したね」

照れ笑いを浮かべて米芳は塀沿いに身を寄せたが、冷や水売りの荷が大きくてすれ違うことはかなわなかった。

「一旦、大門通りに出よう」

照れ笑いが苦笑いになって、巨漢が塀に向き合ったまま蟹《かに》のように横に歩き出す。

こうした間の悪さが米芳の人となりをよく表している気がして、宗太郎は微笑ましくその姿を見守った。

「米芳どの、せっかくですので冷や水を一杯いかがです?」

冷や水売りというと、たいてい二枚目で足もとは裸足《はだし》だ。いなせな色男がひたひたとした足音を立てて一陣の風のように町内を練り歩く姿は、それだけで涼を誘う。砂糖水に白玉団子を浮かせて、一杯四文。八文、十二文と値段が上がるにつれて、白糖の量が多くなる。

「猫先生のおごりでございますか？」

米芳が、垂れ目を一層下げるようにして訊いてきた。人懐っこい顔である。

「おごりましょう、お好みでどうぞ」

甘党の宗太郎は、いつも十二文の冷や水を選ぶ。

「では、わたくしも十二文の冷や水をいただきます」

風体からして、米芳もきっと甘党に違いないと踏んでいたので、宗太郎は密《ひそ》かに笑いを嚙み殺したものだ。

甘い冷や水で喉を潤わせた後も、米芳は回向院への使いを買って出ると言って譲らなかった。先日の失敗の、名誉挽回《ばんかい》をしたいのだろう。それはわかるのだが、宗太郎としても店子総代の役目を放り出すわけにはいかない。

では、ここはふたりで回向院へ向かおうではないか。

そういうことになって、ようやく歩き出したふたりだったが、数町も行かないうちに先ほどとはまた違う冷や水売りに出会った。

「猫先生、もう一杯いかがですか？」

今度は、米芳の方から言ってきた。と思ったら、

「兄さん、十二文の冷や水をふたつ」

と、米芳は宗太郎の返事を待たずして、冷や水売りを呼びとめていた。

てっきり、おごり返してくれるのかと思った。その気遣いだけをありがたく受け取って、律儀な宗太郎はおのれの分はおのれで払うつもりで、慌てて小銭を入れてある袂落《たもとお》としをつかんだ。

「米芳どの、お代を」

「はい、ごちそうになります」

そう言うと、米芳はぴゅんと頭を下げて、すっと後ろに下がった。

はて、今、『ごちそうになります』と言ったであろうか？

しばし様子を見たものの、米芳が財布を出す素振りを見せなかったため、宗太郎は二杯分の二十四文を支払った。

そして、二度あることは三度ある。両国西広小路手前の薬研堀《やげんぼり》あたりで、またもや冷や水売りを見つけるなり同じことが起きた。

「十二文の冷や水をふたつ」

と、米芳は声をかけるだけかけて、あとのお代を支払うのはやはり宗太郎だった。

いや、別に構わない。連れ立って歩くからには、何杯でもおごってやろう。これぐらいの銭でケチケチしたことを言うつもりは、毛頭ない。

一千石積みの弁才船《べざいせん》を動かすには、たくさんの追い風がいる。それと同じで、巨漢を動かすには、たくさんの滋養がいるということ。

「そういうことである」

宗太郎は、なんとかおのれを納得させようとした。

先日、米芳は長谷川町から向こう両国まで一刻かけて歩いたと話していたが、この調子で屋台をはしごしていれば、それぐらいかかってしまうのもうなずけた。

「だが、しかし」

と、宗太郎は懐の風呂敷包みをさする。

「早く、この野良猫を弔ってやりたい」

道行きの目的を忘れてはいまいか？　回向院で弔いを済ませたあとで、ゆっくり飲み食いするのではいけないのであろうか？

結局、そのあとも二回ほど冷や水売りにかち合い、両国橋を越えるまでに計五回も砂糖水を飲むことになった。すべて、宗太郎のおごりである。

軽くなっていく袂落としに触れるたび、もやもやとした気持ちが込み上げてこないこともなかったが、とにかく先を急ぎたい宗太郎はあえて何も言わなかった。

やがて、長さ九十六間の両国橋をやっとこさ渡り終えたとき、宗太郎は両国橋東広小路の一角から醤油の焦げたにおいが漂っていることに気づいた。

「はて、このにおいは」

昨日も嗅いだにおいだ。松葉に似たひげをひくつかせていると、

「おや、お猫さま」

と、月代までよく日に焼けた鰻の辻売りが、宗太郎に向かって団扇《うちわ》を振り上げているのが見えた。

「親父、それがしはお猫さまではなく」

「毎日でも食いたくなるほど、あっしの鰻を気に入ってくれやしたかい？」

いや、気に入ったのでもなく、とは言えない宗太郎である。

「親父、昨日は大川端の岡涼みにいませんでしたかな」

「その通りで。昼前はこっちの東広小路で焼いて、昼が過ぎたらあっちの西広小路で焼いているんですよ」

「ははぁ、そういうことですか」

などと、宗太郎が東の間《つかま》の立ち話をしている最中、半歩後ろにいる米芳はにおいだけなら格別においしそうな蒲焼きを涎を垂らして見ている……のかと思いきや、どういうわけか、振り返ってもそばにはいなかった。

ぐるりを見やれば、巨漢がひとり、鰻には目もくれずに両国橋の欄干に背中を預けて疲れを取っているのが見えた。

「ほう、米芳どのは鰻は好きではないのであろうか」

宗太郎が思わず声にすると、辻売りが米芳へちらりと目線をくれてから言う。

「猫の托鉢僧から力士まで、お猫さまは顔が広うござんすね」

「それがしはお猫さまではなく、米芳どのも力士ではありませんぞ。絵師です」

「へえ。絵師ってことは国貞《くにさだ》、広重《ひろしげ》、国芳ってとこですかい」

「いずれ、そのように名を残しましょう」

「なんでい、まだ見習いですかい。いつも羽振りがよさそうなんで、あっしはてっきりお大名さまお抱えの力士なのかと思っていやしたよ」

「いつも？　親父は、米芳どのの知り合いで？」

「いんや、そうじゃねぇんですけどね、大川端で何度か見かけたことがありやしてね。あの風体ですから、目立ちやすでしょう？」

確かに、あの巨漢は人混みの中でも目を引く。

「羽振りがよさそうというのは、どういう？　親父の得意客でしたか？」

「あの力士先生は辻売りの鰻なんざ見向きもしやせんよ。大川端の結構な舟宿に出入りしていやすから、ありゃ、よっぽど口が肥えていなさるんでしょう」

「舟宿……」

舟宿は舟遊び客のための待合所であり、それなりの体裁を整える宿になると、腕のいい料理人をそろえる料理茶屋の顔も持つ。安い小遣いで遊べるようなところではないということを、親父は言いたいのだろう。

また、野暮堅い宗太郎は知らなくてもいいことだが、結構な舟宿というのは娼家《しょうか》を兼ねていたり、出会い茶屋になっていることも多い。

そうしたところに、大名家お抱えの力士ならともかく、いまだ独り立ちできていないような見習い絵師が画料だけで頻繁に出入りできるとは思えない。

宗太郎は照り付ける日差しに金色の目を細めて、欄干に寄りかかる米芳を見つめた。

「親父。米芳どのは、いつもひとりで舟宿に出入りしているのですか？」

「いんや、たいてい腰巾着を連れていやすね」

「腰巾着……。それは、どういった風体の？」

「こう言っちゃなんですが、あんまり素行のよろしくなさげな連中ですよ。いい若ぇモンが働きもしねぇで真っ昼間っから舟宿なんざに入り浸ってやがるんですから、お里が知れましょう」

辻売りの口から出てくる話は、いずれも番狂わせなものだった。ならず者に襲われるような米芳が、ならず者崩れのような連中とつるんでいると言う。

にわかには信じられないことだが、ふと、宗太郎は雁弥の言葉を思い出していた。

『ねぇ、猫先生、この世のすべてに表と裏があるんですよ。表と表、裏と裏なんてことはないんです』

雁弥に表舞台と裏舞台があるように。

米芳にも、そうした表と裏があるのであろうか？

四

それから四日ほど、目新しい知らせのないまま、無為に毎日が過ぎて行った。

五日目、昼過ぎから太郎雲が湧き上がり、いよいよ鈍色《にびいろ》の緞帳《どんちょう》が下りたかと思ったら、あっという間に空が割れたような雷雨になった。

夏の風物詩、夕立である。

この日、宗太郎は近隣の商家で鼠退治をしていたのだが、降り出す直前に滑りこみで三日月長屋へ帰ってくることができたので、幸いにも雨に打たれることなく済んだ。

泡雪の毛皮は濡れるとぺたりと身体に張りつくため、宗太郎の奇妙奇天烈な白猫姿はひと回りもふた回りも小さくなったように見えてしまう。そうなるとみすぼらしくて、みっともなかった。

しかるに、夕立はすぐにあがる。七つ下がり（午後四時過ぎ）には、西の空は石榴《ざくろ》の実を思わせる茜《あかね》色に染まっていた。

そこへ、浅草猿若町の芝居町から遣いの男がやって来た。

「雁弥さんから文を預かっています」

そう言って文を差し出す遣いの男も、雨に濡れてはいなかった。うまいこと雨宿りをして、夕立をやり過ごしたらしい。

遣いの男は芝居町の中にある芝居茶屋の手代だそうで、ほかにも寄るところがありますので、と丁寧に頭を下げると早々に三日月長屋をあとにした。

「雁弥が文とは珍しい」

どうせろくなことが書かれていないのであろう。

宗太郎がいささか用心して文を広げると、

「『猫先生の猫耳に入れておきたい話があります』……とな？」

文中、『猫』の字面だけ太く書かれているところが癪《しゃく》に障る。加えて、

「『どうせ暇をしているのでしょうから、文を読んだら夕涼みついでに中村座まで遊びに来ておくんなさい』……とな」

人を顎で使うとは、あやつめ、いつからそんな身分になったのか。

やはりろくなことではなかった。宗太郎は文を丸めて放り投げると、ふん、と鼻息荒

く四畳半に寝転がった。

「それがしは暇ではない」

猫の手屋宗太郎は、今日も朝から世のため人のため、ひいてはおのれのため、ついでに猫のために忙しく〝猫の手〟を貸して回っていた。夕餉《ゆうげ》の前に少しくらい昼寝をしても、罰は当たらないであろう。

金色の目を閉じれば、夕餉のための食材を売る棒手振《ぼてふ》りの声が、表通りからにぎやかに聞こえてきた。夕立で一旦はナリをひそめていた蟬が、またぞろ鳴き出している。

カナカナカナ……。

日が傾き、蟬の声は油蟬から蜩《ひぐらし》へと変わっているようだった。

カナカナカナ……。

夕立のおかげで、風は幾分か涼しくなっている。

カナカナカナ……。

宗太郎は寝返りを打った。

カナカナカナ……。

「ええい！　猫耳に入れておきたい話とはなんぞや！」

畳を叩いて起き上がり、その勢いで、宗太郎はまんまと浅草猿若町へ向かうことになるのだった。

ところにあった。

元々、芝居町は長谷川町の西側一帯、日本橋堺町《さかいちょう》と葺屋町《ふきやちょう》の通称二丁町《にちょうまち》と呼ばれる

それが中村座からの失火で隣接する市村座《いちむらざ》ともども全焼すると、折しも天保《てんぽう》の風俗取締りの風が吹き荒れる世であったことから、公儀は両座はじめ周辺の芝居茶屋に普請差し止めを言い渡した。このままでは芝居小屋は永代取りつぶしになるのではないかと、座元も役者も芝居好きの江戸っ子たちまでそれは気を揉んだものだが、芝居町を丸ごと郊外の浅草聖天町《しょうでんちょう》へ場所替えすることでなんとか許された。

この場所替えにあたっては、父が心を砕いて一肩入れていたことを宗太郎はよく覚えている。倅《せがれ》と違って酒にはめっぽう強いはずの父が、答申を聞き入れてもらえた晩は珍しく役宅で酔いつぶれていたほどだった。

「父上は、ご健勝でおられるであろうか」

持病の痔《じ》を悪くしていないといいのだが、と宗太郎は業の深い姿になってから一度も会っていない父の姿をまぶたに思い浮かべた。

とまれ、今は中村座へ。芝居町の移転にともない、浅草聖天町は芝居小屋に縁のある人物の名から〝猿若町〟と改名されていた。

両国橋西広小路から浅草橋を渡り、御米蔵《おこめぐら》を過ぎて金龍山浅草寺《きんりゆうざんせんそうじ》に手を合わせたのち、今戸町《いまどちよう》の瓦焼きの煙が宵の空へ昇るのを見ながら北上すること数町。

宗太郎が猿若町までやって来たのは、芝居町の目抜き通りで揺れる鬼灯提灯《ほおずきちようちん》にすっかり火が灯《とも》される刻限だった。ちょうどそれぞれの芝居小屋では芝居がはねたところなのか、どこを見ても人、人、人で、まっすぐには歩けないくらいのにぎわいだった。

「芝居町が、このように人高いところだとは」

拝領屋敷と剣術道場の往復しかして来なかった宗太郎は、芝居を観たことがない。当然、芝居町に足を踏み入れるのも、これが初めてのことだった。

この芝居町には公儀から興行を許されている中村座、市村座、河原崎《かわらざき》座の江戸三座のほかに、操り芝居の結城《ゆうき》座、薩摩《さつま》座なども集められている。いずれの小屋も似たような造りで、似たような絵看板や文字看板などを飾り立てているため、素人の宗太郎にはどれが中村座なのかがわからなかった。

なすすべもなく人の波に流されていると、

「おや。ひょっとして、あなたさまは猫先生じゃありませんかい？」

と、背後から声をかけられた。振り返ると、尻っぱしょりをした中年者が親しげな笑顔を浮かべていた。

「人違いでしょう、それがしは猫先生ではありません」

「いやいや、猫先生ですって。お噂《うわさ》どおりの見事な泡雪の毛皮でございますね」

「噂？」

訊き返した宗太郎をまぶしそうに見つめて、中年者が拝むように、というより、明らかに拝むために両手を合わせる。

「こりゃあ、いいものを見せていただきました。これでもうあと七十五日は長生きができるってもんです」

「それがしは初物ではありませんぞ」

三日月長屋を出るとき、もう日が暮れかけていたので、編み笠を置いてきてしまっていたことを後悔した。宗太郎がそむけるように顔を前に戻すと、

「お待ちください、雁弥さんのところへいらっしゃったのでは？」

と、中年者が慌てて引き止めてきた。

「そこもと、雁弥を知っておいでか？」

「へい、あっしは中村座の鼠木戸の木戸番をしておりますんで。楽屋でしたら、こっちでございますよ」

中年者は招き猫のような仕草をしてみせてから、宗太郎が通り過ぎてしまっていた建物の裏手に入りこんで行った。

「ここからどうぞ、雁弥さんなら中二階にいますから」

案内された楽屋口には、角切銀杏《すみきりいちょう》の座紋入り提灯が掲げられていた。言わずと知れた中村座の座紋だが、宗太郎はそんなことひとつ知らない。

戸惑いつつも建物の中へと足を踏み入れてみると、まだ衣裳を着こんだままの役者やら、小道具らしきものを抱えて走り回っている男衆やら、なぜだか料理を運んでいる者たちまでいて、それはもう蜂の巣をつっついたようになっていた。

「して、中二階というのは……」

どこのことかと宗太郎が訊こうとしたときには、中年者はもうどこかへ行ってしまっていた。

「ふうむ、芝居町というのは慌ただしいところよ」

宗太郎が立ち呆《ほう》けていると、その姿に気づいた男衆のひとりが、これまた両手を合わせて近づいてきた。

「あぁ、猫先生！」

「違います」

「猫先生でございましょう、お噂はかねがね聞いておりますとも！」

雁弥め、人のことを中村座でどのように噂しているのか。

「なるほど、猫先生、もうあと少しでございますね」

「と、言いますと？」

「並ひととおりの人の姿になるまでですよ。早く、猫から人に化けきれるといいですね、わたしも稲荷に拝んでおきます」

どのように噂しているのか！

並ひととおりの人の姿に戻りたいのは事実だが、

「それがしは、猫が人に化けているのではなく」

「あっと、猫先生、中二階でいいんですよね？　雁弥さんのところにおいでなんですよね？　それでしたら、こっちの階段を上ってくださいな」

「猫先生でもなく」

と、宗太郎はきっちり言い返しておきたかったが、男衆が親切にも階段の前まで案内してくれたので、礼だけ述べておとなしく上階へ向かうことにした。

中二階と呼ばれるところは、実際には芝居小屋の二階部分にあたるところだ。三階建ては禁じられているため、三階を二階とし、二階を中二階と呼ぶことで、法度《はっと》の目をかいくぐっているのだ。

階段を上がると、中二階は白粉《おしろい》のにおいをぷんぷんに漂わせる女衆でごった返していた。芝居小屋は女人禁制のはずでは、と宗太郎が戸惑っていると、

「あっ、来た、来た。猫先生、こっちです」

と、女衆の最奥から聞き慣れた声がした。見れば、大柄の女人が諸肌脱《もろはだぬ》ぎであぐらを

かき、団扇をせかせかと動かしていた。

ノミで削ったような切れ長の目、面相筆《めんそうふで》で描いたような鼻梁《びりょう》。肌は白いのに、厚くもなく薄くもないくちびるだけが濡れ濡れと紅《あか》いのが艶《なま》めかしい。

「なんぞ、雁弥ではないか」

「なんぞってなんですか、わたしに会いに来てくれたんじゃないんですか？」

「会いに来たわけではない、そこもとに呼び出されたのであろう」

いつもは猫の目鬘《めかづら》で顔を隠している雁弥だが、その素顔は大層な色男だ。女人たちが放ってはおかないような、そこはかとない色気もある。

中二階にいる面々は女衆なのではなく、どうやら女形《おやま》たちのようだった。諸肌脱ぎの雁弥はともかく、ほかは女人以上に女人らしい所作の者ばかりのため、宗太郎はどこを見ていいかわからずに金色の目を泳がせた。

「ほら、猫先生。そんな板敷きのところに突っ立っていないで、こちらへどうぞ」

化粧を落としてさっぱりした顔の雁弥が、脱ぎ捨てられている足袋《たび》やら襦袢《じゅばん》やらを脇にどかして、畳の間を手のひらで叩く。

「中二階は、女形の楽屋になっているんですよ」

「そのようであるな」

宗太郎がそっけなく応じて足を踏み出すと、何人かの女形が宗太郎に気づいて、やはり両手を合わせてきた。

「おやおや、お噂の猫先生がいらしてくだすったよ」

「なんてまぁ、美しい泡雪の毛皮なんでしょう」

ありがたや、ありがたや。

そんな声が小波《さざなみ》のように中二階に広がっていくので、いやいや、と宗太郎は顔の前で毛深い手を振る。

「それがしを拝んでも、七十五日の長生きは叶《かな》いませんよ」

「では、福を招いておくんなさいな。猫先生は、猫神さまなんでございましょう？」

「いい役がめぐってきますように、よろしくお頼み申します」

しなを作って拝んでくる女形たちに囲まれて、宗太郎はますます目を泳がせた。両手のあずき色の肉球が、じんわりと汗をかくのがわかった。

「これ、雁弥。それがしのいないところで、好き勝手な噂を流されては困る。それがしについて、あることないことをぺらぺらとしゃべるな」

「だって、猫先生が猫神さまなのは本当のことじゃないですか。わたしね、今回、大きな役をもらえたんですよ。日ごろから、猫先生を崇《あが》めたてまつっているから、きっとご利益があったんですね」

「そこもとにはこれっぱかしも崇めたてまつられた覚えはないぞ。いつも、それがしをおちょくっているだけであろう」

「そうでしたっけ？　じゃあ、これ、供物です」

取って付けたように、どうぞ、と雁弥が壁際に積んである菓子折りのひとつを差し出して寄越したので、宗太郎はそれを元の位置へ押し戻してやった。

「こういうところが、おちょくっていると言うのである。帰る」

「待ってくださいよ、猫先生の猫耳に入れておきたい話があるんですって」

「どうせ、ろくなことではないのであろう」

浅草くんだりまで、のこのこやって来たおのれの愚直さが腹立たしかった。

「わたしのご贔屓《ひいき》さんの中にも、回向院への道中で、猫の供養代を奪われたお人がいるんですよ」

「なんと？」

背中を向けかけていた宗太郎は、三つ鱗の形の耳をきゅっと雁弥に向けた。

「ならず者に襲われたのか？」

「この話、続きを聞きたいですか？」

「ふん、聞いてやらないこともない」

まぁ、せっかく来たのであるし。

などと言い訳めいたことを口ごもりながら、宗太郎は雁弥の向かいに座りこんだ。

「そうこなくっちゃ。いえね、神田明《かんだみよう》神下《じんした》の、とある大店《おおだな》のご隠居さんから聞いた話ですけどね」

雁弥がしたり顔で話し出すのがまた腹立たしいが、いたしかたない。

「このお人、めっぽう猫好きをこじらせていましてね。ただ、口に入る物を扱う商いをしているんで、お店では毛むくじゃらを飼うことができないそうなんですよ。そこで、息子夫婦に子どもができたのを潮にお店を譲って、今はお内儀《ないぎ》さんと郊外の寮に引っこみ、愛してやまない猫たちとのんびり暮らしているんですって」

「三日月長屋の面々がうらやましがりそうな隠居暮らしであるな」

「ご隠居さんのお召し物は、いっつも毛だらけですよ」

団扇で口もとを隠して、雁弥がくっくっと笑った。

「で、連日、この暑さでしょう。うじゃうじゃいる猫の一匹が、夏負けして死んでしまったらしいんですよね」

「どこの猫も同じであるな、気の毒に」

「戒名をもらって位牌を作ってくるよう、ご隠居さんが若い女中に遣いを頼んだらしいんです。ちなみに、その女中っていうのは、ご隠居さんのイロでして」

「イロ?」

「あぁ、そうですね。わからないならいいです」

雁弥がほっそりとした首をすくめて、話を先に進める。

「寮を出た女中は、ほどなくして正直者の遊び人に声をかけられました」

「異なことを言う。正直者の遊び人とは、黒い白猫、沈む朝日、甘い渋柿のように矛盾しているな」

「まったくです。小遣い稼ぎをしたいから、回向院までの遣いを手前にやらせてはくれないかと持ちかけられたそうですよ。女中は、ご隠居さんからの頼まれごとではあるけれど、本音では猫の亡骸を抱いて歩くのを気持ち悪いと思っていたようなので、この遊び人の口車につい乗ってしまった」

「愚かな。遊び人の何をもって、正直者と感じたのであろうか？」

「愛想がよかったんですって。その上、小遣いは回向院から戒名と位牌を持って帰ってきたときにくれればいいって言われて、それなら何も損はないだろうって、ころっと信用してしまったみたいですね」

少し前までなら、宗太郎も猫の亡骸を抱いて歩くなんてまっぴらご免と思ったことだろう。猫そのものを好きではなかったし、冷たくなった魂の抜け殻に悪《あ》しきものが入りこんでは気味が悪い。

女中の気持ちがわからないでもなかったが、だからと言って、一度引き受けた頼まれごとを右から左へ渡してしまうのはいかがなものか。

「して、待てど暮らせど、その遊び人とやらは回向院から戒名と位牌を持って帰っては来なかったというわけか？」

「はい。遊び人が欲しかったのは小遣い程度のものではなく、大店のご隠居が包む供養代の方だったわけですからね」

「この罰当たりめが」

「ねぇ、猫先生、これもまた辻売りの鰻と同じですよね。本当はまずい鰻なのに、タレのにおいに騙《だま》される。本当は罰当たりのくせに、愛想のよさに騙される」

雁弥が手にしていた団扇を、表、裏、とひっくり返す。

この世のすべてに表と裏がある。

「それと、ご隠居さんの寮の周辺では猫狩りなんていうイヤな噂もあるようです」

「猫狩り？」

「野良猫だろうが、飼い猫だろうが、猫と見ればとっ捕まえて売り歩く乱暴な商いをする輩《やから》どもがいるってことですよ。養蚕《ようさん》農家に売られた猫は鼠捕りに重宝がられますからまだいいですけど、三味線屋に売られた猫は腹の皮をひっぺがされるだけです」

「腹の皮！」

宗太郎は懐手でおのれの腹をさすり、ぶるりと背筋を震わせた。

同じ三日月長屋に住む常磐津《ときわず》の師匠の文字虎《もじとら》からも、聞いたことがある。三味線には猫の腹の皮、犬の背中の皮が使われている……、と。

「ご隠居さんのところからも、これまでに何匹かいなくなっているらしいんですよね」

「供養代うんぬんの騒ぎではないではないか。それこそ、猫の敵である」

「猫先生、どうでしょう?」

雁弥が小声になって、白粉の残り香がする顔を寄せてくる。

「ご隠居さんのこれらの一件と、国芳先生の一件、おんなじ罰当たりの仕業ってことはありませんか?　どっちも、猫の供養代を猫ババしています」

「女中に声をかけた遊び人とやらは、人相書きにあった狐顔の男だったのか?」

「それが全然違ったようで、出っ歯だったとか」

「出っ歯?　狐顔の男の口もとはすっきりしていたはず。それでは、同一とは言えないのではないか?」

「でも、あの人相書きが正しいとも限らないでしょう?」

「むむ。念のため、蝦蟇の権七親分の耳にも入れておこう」

「ええ、そうしてください」

雁弥が白い歯を見せて、うれしそうに笑った。

猫の目鬘なんぞを着けて托鉢僧の真似ごとをしているより、素顔で役者然としている方がよほど輝いているではないか、と宗太郎はお節介なことを考える。

いや、そんなことよりも。

先日から宗太郎の頭の片隅にずっと引っかかっていたおぼろげな何かが、今の一連の話で、はっきりとした輪郭を持つまでになっていた。

「あいすみません。雁弥さん、桐屋《きりや》でございます。そろそろお出ましください、ご隠居さんがお待ちです」

ここで、芝居茶屋の丁稚《でっち》と思われる子どもが雁弥を呼びに来た。

「あっと、いけない。猫先生、わたし、これからくだんのご隠居さんの座敷に呼ばれているんですよ」

芝居がはねると、お大尽客《だいじん》は芝居茶屋に贔屓の役者を呼んで酒宴を開く。

「よかったら、猫先生もご一緒しませんか？　騙された女中も一緒だと思いますから、直《じか》に詳しい話を聞けますよ」

「その手には乗らんぞ」

「はい？」

「この奇妙奇天烈な白猫姿で、めっぽう猫好きと言われるご隠居さんの座敷に出てみろ。何をされるか、わかったものではない」

耳のてっぺんからしっぽの先までまさぐられるか、肉球のにおいを嗅がれるか、考えただけでも身の毛がよだつ。

「ご隠居さんを喜ばせることができたら、わたしの手当てが増えるんですけどね」

「知ったことか」

「それは残念」

雁弥は口で言うほど残念そうな顔をするでもなく、気分よさげに笑いながら身支度を整え出していた。

宗太郎も立ち上がって袴のシワを叩きつつ、最後にひとつだけ確認しておく。

「雁弥。ご隠居さんの寮は、どのあたりにあるのか？」

「向島の小梅村です、三囲神社の近くだそうですよ。いいところですよね」

「小梅村……」

米芳の住まいも、小梅村だった。

これは、偶然であろうか？

「猫先生。わたしの話、お役に立ちそうですか？」

「それがしは猫先生ではない。が、そこもとの口から出たにしては、珍しくまともな話であった」

礼を言おう。

と、女形たちの声でにぎやかな中二階では聞き取れないほどの小声で謝意を伝えて、宗太郎は中村座をあとにした。

帰り道、宗太郎は三囲神社に来ていた。

浅草猿若町からは、大川を挟んだちょうど対岸が小梅村になる。待乳山聖天《まっちやましょうでん》のたもとにある山谷堀《さんやぼり》から猪牙舟《ちょきぶね》に乗り、宗太郎は大川を渡った。

これを竹屋《たけや》の渡しと言う。山谷堀は不夜城吉原《よしわら》の舟の玄関口なので、日暮れてからも粋な出で立ちの男たちの姿が途絶えることはない。夜分の渡し賃は昼の倍の四百文になるが、向島から浅草に渡る者と、浅草から向島へ渡る者とで、渡し舟はひっきりなしに繁盛しているようだった。

隅田堤《すみだづつみ》に下り立つと、すぐ目の前に三囲神社の鳥居が見える。ただし、見えるのは鳥居の頭だけだ。堤が高いので、神社そのものは沈んで見える景色になっていた。

三囲の名は、ふっと現れた白狐がご神体のまわりを三周回って消えたことに由来するそうだ。また、元禄《げんろく》のころには境内に老婆《ろうば》がいて、あたりの田んぼに向かって手を叩くと何匹もの狐がやって来たとも言われている。

要するに、小梅村というところは、狐が出るほどの田舎ということだ。対岸の人ぞめきや町屋の灯《あか》りが嘘《うそ》のように、一帯は静寂と闇に包まれていた。

「中村座で、ぶら提灯を借りておけばよかったか」

三囲神社の境内を抜けてしまうと、一層闇が濃くなった。隅田堤や通りに面して、ところどころに町屋が点在してはいるものの、長谷川町とくらべるとずっとさびしい。西の空には、沈みかけの三日月。この闇夜では、並の人ならば、ぶら提灯がなければ一歩も歩けないことだろう。

幸いにも、猫は夜目が利く。宗太郎は灯りがなくても、歩き回ることになんの不便もなかった。

「このナリでいるうちは、目も耳も鼻も押し並《な》べて鋭い。それがしは猫ではないが、ときに、限りなく猫に近い業の深さを重宝に思う」

そう思った時点で負け犬ならぬ、負け猫になっている気がしないでもないが。

などと、宗太郎が悶々《もんもん》と考えながらあぜ道を歩いていると、少し先で銀色に光る何かがピチピチと跳ねているのが見えた。

「はて？」

火の玉にしては、生臭い。

「む、生臭い？」

くんくん、と宗太郎はしっぽりと濡れた鼻をうごめかして、これは生魚のにおいだと確信する。むかしは焼き魚の香ばしいにおいに腹の虫が鳴ったものだが、奇妙奇天烈な白猫姿になってからは、生魚の下品なにおいに思わず唾が出る。

「鰯《いわし》……、いや、小鰭《こはだ》か」

　夜目の利く金色の目には、木の葉のように小さな魚体に黒い斑点《はんてん》模様が浮いているのまではっきりと見てとれた。小鰭は、今が旬だ。酢でしめて鮨ダネになる。

「しかし、なぜ、あぜ道に小鰭が？」

　足を止めていぶかしんでいると、どこからか現れた茶色の仔猫が宗太郎を追い越し、横取りするように小鰭に食らいついた。

「むむ、はしたない猫であるな」

　ところが、小鰭はよほど往生際が悪い、もとい、威勢がいいのか、仔猫のちょっかいを物ともせずにピチピチと跳ねながら熊笹《くまざさ》の茂みへ逃げていく。

　それを追って、仔猫も路傍に消えた。直後、

「にゃあふう！」

　と、仔猫の悲鳴があがった。

「何ごと⁉」

　宗太郎は砂ぼこりを立てて走り出し、熊笹をかき分けて茂みに飛びこんだ。

　すると、すぐに笹の葉を踏みしめてできたと思われる、やや開けた場所に出た。

　そこでは、いかにも素行がよろしくなさそうな男たちが、今まさに仔猫を麻袋に押しこめようとしているところだった。

「そこもとら、何をしているか！」

「うひゃっ」

宗太郎の一喝に、男たちは飛び上がっておののいていた。

近くの木々で翼を休めていたらしいカラスまでもが、騒ぎに驚いて激しく葉を揺らしながら羽ばたく音が聞こえた。

その拍子に、男のひとりが持っていたぶら提灯が地面に落ち、さらに、別のひとりがそれを踏みつけてしまい、ふっつりと火が消えた。

のしかかるような暗がりが、あたりを覆い尽くすことになる。

「だ、誰でい⁉」

「そこもとらこそ、何者であるか！」

夜目の利く宗太郎からは男たちが丸見えだったが、ぶら提灯を失った向こうからはこちらが見えていないようだった。ひどく怯《おび》えたように顔を右に左に向けている者、何かを追い払うように両手を振り回している者、腰を抜かしたらしく尻餅をついている者、合わせて三人の男たちがいた。

「その猫を、いかがするつもりか？」

ザザッ、と。

宗太郎が笹の葉を蹴って前に出ると、その声と音に男たちはさらに縮み上がった。

「ひっ」

「に、逃げろ……っ」

「あ、待ってくれよう」

麻袋を投げ捨て、ほうほうの体《てい》で暗がりの彼方《かなた》へ身を隠す男たちを、宗太郎は深追いしなかった。熊笹の根もとで丸くなっている仔猫の方が気になったからだ。

「もう心配はいらんぞ」

宗太郎はしゃがみこんで、仔猫の頭をやさしく撫でてやった。

その手のひらに肉球があるのを感じ取った仔猫は、宗太郎を猫仲間と思ったのか、懸命に脛《すね》やら膝やらに顔をこすりつけてきた。かつての宗太郎なら、猫にこんなことをされたら五百羅漢のひとつと化して動けなくなっていただろうが、今では小さいくせに温かい命にもっと触れてみたいと思えるまでになっていた。

亡骸は、小さくてあまりにも冷たいものだから。

「もう生魚などに釣られるのではないぞ」

宗太郎が説教をたれると、仔猫はわかったような、わからないような顔で小さく鳴いてから、田んぼのどこかへ帰っていった。

「こんなことがあるのであるな」

たまたま立ち寄った小梅村で、たまさか凶事に遭遇するとは。

今夜、この刻限に、それがしがここを通りかからなかったら、あの茶色の仔猫はどうなっていたのであろう？

「今の輩どもが、猫狩り……というヤツなのか？」

尻餅をついていた男は、出っ歯だったような気がする。

ふと、宗太郎は足もとに転がるぶら提灯に目を落とした。どこかの料理屋で借りた物だったようで、わずかに焼け残っている紙切れに屋号が見て取れた。

そこには『舟宿　都鳥《みやこどり》』と記されてあった。

五

「すいやせん、猫先生。待たせしちまいましたかい？」

「蝦蟇の権七親分、それがしは猫先生ではありませんが、先ほど着いたところです」

「へへ、猫先生はウソが下手でいけねぇや」

「嘘ではありませんぞ、それがしは近山宗太郎という名で」

「いやいや、先ほど着いたわけじゃねぇでしょう？　猫先生のお足もと、土が乾いていやすぜ。周りは打ち水で濡れていやすのに」

「む？」

小柄な権七親分が顎をしゃくって示した地面は、昼下がりの日差しをきらきらと照り返す水溜《みずたま》りができていた。先ほど、鰻の辻売りが大川から汲《く》んできた水を撒《ま》いたものだが、宗太郎にはかからないように気を遣ってくれていたのだろう。

さすがは権七親分、八丁堀《はっちょうぼり》から十手《じって》を預かる身は目の付けどころが違う。岡っ引きになって二十年とも三十年とも言われる権七は、一見どこにでもいる好々爺《こうこうや》にも見えるが、じっと相手の目を見て話すときの眼光は思いがけなく鋭い。

ちなみに蝦蟇のふたつ名は、小鼻の右横にイボがあることから来ているそうだ。

この日、昼下がりを目安に、宗太郎は権七と大川端の鰻の辻売りの前で待ち合わせをしていた。昨夜、小梅村で見たぶら提灯の屋号について、気になることを探ってもらっていたからだ。

「して、蝦蟇の権七親分、例の舟宿は見つかりましたか?」

「へい、猫先生のにらんだとおりでしたよ。都鳥って言やぁ、ここ大川端じゃ一、二を争う設《しつら》えのいい舟宿らしいですね。食いもんも、高級料亭顔負けのもんを出すってんで、食通を名乗るお大尽客御用達《ごようたし》のようです」

「やはり……」

「でもって、その女将ってのが強情な鬼婆《おにばば》でしてね、客のアレコレはしゃべらねぇってんで、えれぇ剣幕で追い返されやしたよ。ざっと奥をのぞいた様子だと、用心棒らしき先生がたがうろうろしているのが見えやしたから、ありゃ叩けばいくらでもホコリの出る舟宿ですね」

「奢侈《しゃし》を禁止するこのご時世にあって、贅沢《ぜいたく》なことでありますな」

「まったくで。このあたりを仕切ってる親分も、片腹痛く思ってるようです。そうそう、それで、親分が都鳥に奉公してる小女を紹介してくれやした」

ほうほう、とつぶやいて、宗太郎は編み笠を指先でつまみ上げた。

権七は汗のしたたる顔を、得意げに緩めていた。

「小女に、女将が教えてくれねぇアレコレとやらを聞いてきやしたぜ」

「ご苦労かけましたな、何から何までかたじけない。どうぞ、ひと串」

あまりうまい鰻ではありませんが、と親父には聞こえないように小声で付け足して、宗太郎は権七に蒲焼きを手渡した。

権七の仕事の早さと確かさには、いつもながら目を見張るものがある。本来ならば、店売りの鰻で労をねぎらいたいところだが、今日のところはやっつけで手を打ってもらおう。

「遠慮なくいただきやす」

そう言うと、権七は辻売りなんてそんなものとわかっているのか、まずい鰻をぺろりと平らげてくれた。

「都鳥には、力士の常連客がいるみてぇですね。腰巾着を連れて、真っ昼間っから酒だ、女だって、そりゃもう豪気なふるまいなんだそうです」

「ほう、力士ですか。その者の名は？」

「米に嵐で『米嵐《こめあらし》』って名乗ってるそうですが、番付にゃそんな四股名《しこな》は見当たりやせん。頑是《がんぜ》ない小女はともかく、鬼婆の女将は米嵐が騙《かた》りだってわかってたはずですぜ。それでも出入りさせてるってのは、よっぽど金払いのいい客ってことになりやすね」

瓢箪《ひょうたん》から駒、とはこのことか。小梅町で見たぶら提灯から、思わぬ真実が明るみに出ることになりそうだ。

振り返って考えてみれば、最初からおかしな点はいくつもあった。絵師の描いた人相書きがあるのに、一向にそれらしいならず者が見つからない。

それは雁弥が忠告していたように、思いこみによる人相だったのかもしれない。あるいは、端から、いそうでいない人相を描いたのかもしれない。

なんのために？

力士『米嵐』の正体が誰なのか、あえて名を口にせずとも、宗太郎も権七ももう見当はついている。辻売りも言っていた。いつも羽振りがよさそうなのでお大名さまお抱えの力士なのかと思っていた、と。

「さぁて、猫先生、こっからどうしやしょうかね」

「都鳥を叩いて出るほこりは、八丁堀に任せます。それがしは八丁堀も叩かないような罰当たりめの埃を払うために、この〝猫の手〟を貸そうと思います」

国芳どのと、あんこの敵を取る約束をした。

「猫の敵、とことん懲らしめてやらねばなりますまい」

「ごもっともなことで」

「猫に悪さをすると、七代先まで崇られますからな」

「ごもっとも……、いや、そりゃおっかねぇ」

わざとらしく肩を震わせてみせながらも、権七はどこかワクワクしたような顔つきになっていた。

「で、どうしやす？」

宗太郎は意を決して、長くひんなりしたしっぽを立てる。

「蝦蟇の権七親分、それがしに考えがあります。夏の夜に、納涼芝居と洒落こむのもいいでしょう」

＊

満月の晩。

お付きの爺《じい》やを連れた、美しい娘が竹屋の渡しで向島に下り立った。

赤い振袖に黒い帯を揺らして歩く姿は、さながら花々を求めて舞い踊る蝶々《ちょうちょう》のように可憐《かれん》である。切れ長の目も、笹紅を光らせる口もとも、そこはかとない憂いを帯びており、見る者の心をつかんで放さない。どこぞの大店のお嬢さんかと、猪牙舟を操る船頭でさえ、娘に目を奪われているようだった。

ところで、この娘、川面を渡るときからずっと胸に三毛猫を抱いていた。それがおとなしい猫で、にゃあ、のひと言も鳴かない。娘の胸がよほど心地よいのか、こんこんと眠りこけている。

隅田堤を下って三囲神社の鳥居前まで来たところで、

「お嬢さま。暗いですから、お足もとにお気をつけて」

と、爺やがぶら提灯で娘の足もとを照らしながら言った。

「石っころや夏草に蹴つまずいて、せっかくよく眠ってる猫のミケを起こしちゃいけやせんからね」

爺やは耳が遠いらしく、やたらと大きな声でしゃべっていた。

「本当に、猫のミケはよく眠っていますこと」

娘も大きな声で、爺やに話しかけている。

「猫は、寝子。一日のほとんどを寝て過ごすのですから、お気楽者ですわ」

「そこが猫のかわいいところでございやすね」

「ええ、猫のかわいいところです」

ふたりは、猫、猫、と互いに大きな声を交わしながら、三囲神社を越えて人っ子ひとりいないあぜ道へと入って行った。娘の背が高いのか、爺やが小柄なのか、満月に照らされるふたりの影は、おもしろいほどにでこぼこだ。

ほどなく、ふたりの行く手に生い茂る熊笹がガサガサと騒がしく動きだして、

「さぁて？」

と、爺やが足を止めるのを待っていたかのように、茂みの奥からひとりの男がひょっくり現れた。

「こんばんは、お嬢さん。今夜はいい月ですね」

「なんですの、いきなり」

「いえね、年ごろのお嬢さんが、夜分にこんな暗がりをひとりで歩いていたら危ないと思いましてね」

「ひとりではありませんわ、爺やがおります」

「そんな老いぼれ、かえって足手まといでしょう。わたしがお送りいたします、このあたりの寮にお住まいですかい？」

ひょっくり現れた男は、いやに馴《な》れ馴《な》れしく娘に声をかけていた。

爺やが手にしていたぶら提灯を掲げて、男の風体をそれとなく探る。

丸い橙《だいだい》色の灯りに、単衣を着流して脛を露《あら》わにしている遊び人の姿がはっきりと浮かび上がった。男はふたりに警戒されないようにするためなのか、それとも、元来がそういう脂下《やにさ》がった顔なのか、出っ歯の面にみだりに人懐っこい笑みをたたえていた。

「どれ、お嬢さん。重いでしょうから、まずはその猫を預かりましょう」

「結構です。ミケは、わたくし以外の者には懐きませんの」

「何かあったときに、猫なんざ抱いていちゃ逃げられませんよ」

「何かって、なんですの？」

「そうですね、たとえば、ところのならず者に囲まれたり……って。ほら、ご覧なさいよ。言ってるそばから、あすこの道祖神のところに、ガラの悪げなふたりの男がたむろしていますよ」

男は大仰に驚いて見せていたが、すべてが芝居がかっているふうだった。

男の声を合図にするかのように、ガラの悪げなふたりの男がゆっくりと娘のもとに近づいてくる。

「さぁさぁ、お嬢さん、危ねぇでございますよ。一緒に逃げて差しあげますから、猫をお貸しなさいって。なぁに、逃げおおせたときに、多少の小遣いを弾んでくだされればいいだけですから」

次第に迫りくる、ガラの悪げなふたりの男の足音。それにおっかぶせて畳みかけるように言われれば、冷静な判断もできなくなるというもの。

「おお、怖い。では、ミケをお願いします」

娘がついに抱いていた猫を差し出すと、男は出っ歯の口もとを一層ほころばせた。

「はいはい、お預かりしましょうね」

ところが、猫を受け取るなり、男が悲鳴をあげた。

「うわぁ！」

と、叫んで猫を宙に放り投げてしまう。

すぐそこまで近づいていたガラの悪げなふたりの男のうちのひとりが、月明かりの下、弧を描いて落ちてくる猫を慌てて両手で受け止めた。

が、こちらもただちに叫び声を発する。

「うわぁ！」

すかさず、隣に並んでいた男に猫を投げ出していた。

それを受け取った男も、やはり悲鳴をあげる。

「うわぁ！」

三人の男たちが尻餅をつき、きれいに声をそろえた。

「猫の祟りだぁ！」

それというのは、すとんと地面に着地した猫に顔がなかったからだ。

ぬっぺら坊だったのだ。

「おやおや、お兄さんがた、うちのミケがどうかいたしましまして？」

娘がしなを作って屈みこみ、男たちの顔をのぞきこむ。

その顔も、ぬっぺら坊だった。

「うわぁぁ！」

＊

「うわぁぁぁ！」

という三人の男たちの縮み上がった悲鳴を、宗太郎はあぜ道から少し脇に入ったところにある作業小屋の陰から聞いていた。

一部始終を、夜目の利く金色の目でしかと見届けた。

何を隠そう、山谷堀から娘と爺やが猪牙舟に乗ったとき、宗太郎はほぼ同時に岸を離れたもう一艘《そう》の猪牙舟に乗って、大川を渡っていたのだ。

向島に着いてからも付かず離れずの間合いを保って、これから何が起こるのか、何も起こらなければそれに越したことはないと念じながら、ふたりの行く方をじっと息をひそめて見守り続けた。

「あやつめ、少々、やり過ぎではないか」

宗太郎は眉をひそめたが、どうせ灸《きゅう》を据えるのならとことんやっておくべきか、とすぐに思い直す。

「さて、いよいよ、それがしの出番であるな」

男たちは、奇《く》しくも宗太郎のいる作業小屋を目がけて逃げてきていた。

よしっ、と。

宗太郎は両手でおのれの頬を一度叩いてから、おもむろに腰の大小を外して、着ているものを脱ぎ捨てた。と言っても、生真面目な性分なので打ち捨てたままにはしておかない。脱いだものはきちんとたたんでおかないと、尻がむずがゆくてならない。

あずき色の肉球のある手でせっせと袴の襞《ひだ》を整え出した宗太郎だったが、待て、今はそれどころではないとハッとする。

今、宗太郎は泡雪の毛皮のほかは、一糸まとわぬ姿になっていた。

せめて褌ぐらいは締めたままでいたいと思う心の弱さを断ち切り、身も心も白猫になりきって事に臨むと決めたのだ。

腐っても役者の雁弥から、

『いいですか、猫先生。中途半端に素の自分をかわいがっているうちは、恥ずかしくて芝居なんてできませんよ。役者は、舞台の上では自分を捨てること。そうすれば、おのずと役になりきれるものです』

と、説教をくらったからだ。

「今夜、ここがそれがしの檜舞台《ひのきぶたい》」

宗太郎は、おのれに何度も言って聞かせた。

国芳が折に触れて、『早く人に化けきれますように』と付け届けてくれるとっときの手拭いを頭にかぶり、仁王立ちして男たちがやって来るのを待つ。

途中、道祖神の後ろの茂みから力士が、いや、力士風体の男が飛び出してきて、三人の男たちと合流するのが見えた。巨漢の割に足が速い。

「ほほう、やはり米嵐どのもいましたか」

これで、役者はそろった。

四人が先を争うようにして作業小屋の前を走り抜ける、そのときを宗太郎は待った。

近づく、複数の足音。

心の乱れそのままに、いずれの足音も雑に乱れていた。

あと二間、一間……。

やがて、宗太郎は満を持して姿を現した。

「待たれよ」

暗がりから突如として聞こえてきた声に、

「うわーっ！」

と、四人の男たちは一かせ薙《な》ぎ払われたごとく、たちまち腰を抜かしたようだった。

さらに声の主が頭に手拭いをかぶって二本足で立つ、いや、二本脚で立つ大きな白猫だと気づくと、泡まで吹いた。

「化け猫!?」

「それがしは化け猫ではない」

つい、いつもの癖でとっさに突っこんでしまった宗太郎だったが、

「それがしは化け猫である」

と、言い直すのはご愛嬌として。

「猫の祟り……！」

尻を引きずってじりじりと後じさる男たちは、うわ言のように『祟り』という言葉を口にしていた。

おあつらえ向きなことに、このとき、ちょうど雲が出てきて満月が隠れた。にわかに闇が濃くなり、夜空のどこかでしきりにカラスが不気味な雄たけびを響かせていた。

「今、猫の祟りと言ったか？　そこもとらは猫に祟られるようなことをしたのか？」

「な、な、なんもしてねぇっす」

「そこもとらは猫の敵か？」

「め、め、めっそうもない」

「七代先まで祟られたいか？」

「い、い、いいえ」

ふん、悪びれもせずに往生際の悪いこと。

「猫に仇《あだ》なす者の末路を教えてやろうか？」

宗太郎が招き猫のように手を上げ、にゅっ、と伝家の宝刀の鋭い爪を立てると、男たちの震懼《しんく》はいよいよてっぺんまで達したか、ガラの悪げなふたりのうちの鉤鼻の男がまず喚《わめ》きだした。

「だから、言ったじゃねぇか！　こんなことオレはイヤだったんだよ、猫が祟るってぇのは迷信なんかじゃねぇんだって！」

ガラの悪げなふたりのうち、四角い顔の男も騒ぎ立てた。

「オレだって、やりたくてやってたわけじゃねぇやい。てっとり早く金子が手に入るって言い出したのは誰でい」

出っ歯の男も勢いづいて割りこんでくる。

「そうよ、オレはなんも知らねぇよ！　米嵐に言われたとおりやってただけで、なんも悪くねぇ！」

矛先が自分に向いたとわかった巨漢が、唾を飛ばして言い返した。

「勝手なこと言いなさんな。供養代だけじゃ飽き足らず、猫狩りなんてもんに手ぇ出しやがったのはお前らだろうが」

大きな身体に似合わず、小さな声でぼそぼそとしゃべる姿が微笑ましかったはずなのに、なんとも伝法な口ぶりだ。丸い顔に埋もれる垂れ目は、別人のように吊り上がって見えた。

力士『米嵐』の名を騙るのは、間違いなく、宗太郎の知る歌川米芳だった。

そこからの四人は、聞いていて胸糞《むなくそ》が悪くなるような手前勝手な言い分をそれぞれに並べ立て、仲間の誰かを化け猫に食らわすことで、自分だけは助かろうと必死に悪あがきを繰り返しているように見えた。

このままでは埒が明かないので、

「ブニャア」

と、宗太郎は千代紙の真似をして野太く鳴いてみた。ついでに金色の目をカッと見開いて、にらみつけてやる。

すると四人の男たちはぴたりと口をつぐみ、誰からともなく、今度は額を地面にこすりつけるようにして土下座を始めた。

「化け猫さま、お許しを！」

「お許しを！」

「何とぞ、お目こぼしを！」

「お目こぼしを！」

「それがしに許しを乞う前に、ほかに言うべき言葉があるのではないか？」

「へい？」

「猫たちに、猫を愛する者たちに、まずは詫びを入れるのが人としての道義であろう」

この期に及んでおのれへの温情を乞うとは、いかんとも許しがたい者どもだ。

しかし、宗太郎は罪人をどうこうできる八丁堀ではないし、どうこうするつもりも毛頭ない。ましてや、弱きを助け、強きを挫く、伊達男《だておとこ》になりたいわけでもない。いや、この姿では伊達猫か。伊達猫というのなら、千代紙をおいてほかにいないであろう。

さておき。世のため、人のため、そして、猫のため。

それがしは〝猫の手〟を貸す猫の手屋宗太郎、あんこの敵を取ることが今宵の仕事である。

「そこもとら、二度と猫に仇なすようなことはしないか？」

「はいっ」

四人が声をそろえた。

「猫の供養代を猫ババするということは、猫のうわまいをはねるということ」

「はい、はいっ」

「そこもとらの悪行三昧《ざんまい》、それがしの紅葉錦が、しかと見届けたぞ」

「へ？　紅葉……？」

「これよ」

と、宗太郎は重々しく言いおいてから見得を切るように一歩前へ足を踏み出し、右肩をずんと突き出した。

そこには、紅葉の形に似た小さなハゲがあった。

日ごろは着物に隠れて見えないのだが、宗太郎が子どものころにうっかり負った火傷《やけど》の痕だ。人の姿のときにはもちろん、奇妙奇天烈な白猫姿に身をやつしているときも赤くただれたようになっていた。

「金輪際悪さはしないと、この紅葉錦に誓うか？」

「誓います！」

「約定を違《たが》えたときは、紅葉色した血の雨が降ると心得よ」

「……はいっ」

うむ、決まったか。

「さぁ、猫先生、たんと飲んでおくんなさいよ」

「国芳どの、それがしは猫先生ではなく」

ついでに言うと、酒も苦手なのですが。

一向に酒が減らないお猪口《ちょこ》を手にして口ごもる宗太郎は、とある日の昼下がり、屋形舟に乗って大川のとうとうとした波間を漂っていた。

間近に聞こえるのは、やかましい蟬時雨《せみしぐれ》ではなく、清々《すがすが》しい水音だ。

いわゆる、これは納涼舟《すずみぶね》というものだ。国芳が舟宿を通して貸し切ってくれ、宗太郎のほかに、権七と雁弥も同舟している。

ひと口に納涼舟と言っても大きさがいくつかあって、たとえば都鳥のような高級舟宿が手配するものは九間も十間もある大型の〝船〟だが、今日一同が乗り合わせているのは分相応のこぢんまりとした〝舟〟だった。

「猫先生には、今回、米芳のことでご迷惑をおかけしちまいまして」

「国芳どの、その話はもう」

「いんや、それじゃ、おいらの気が済まねぇんですわ」

国芳は墨で汚れた手でちろりを持ち上げると、一座を見回し、お猪口が空になっていた権七に差し出した。

「蝦蟇の親分も、このクソ暑い中、連日手間取らせちまってすまなかったな。これからも、よしなに頼むぜい」

「何を言いますかい、国芳先生らしくもねぇ。これがあっしの仕事ですよ。手間のかかんねぇヤマなんざ、おもしろくもねぇでしょう」

権七はなみなみと注《つ》がれた酒をキュッと飲み干し、ふてぶてしく笑った。

するとと、隣の雁弥が鰻の蒲焼きを頬張りながら話をまぜっ返す。

「そうそう、なんだって芸の肥やしになりますからね。国芳先生、今回のことを錦絵にしたらどうです？　ぬっぺら坊の娘と猫、いい幽霊絵になると思いませんか？」

「へへ。兄ちゃん、そりゃもうとっくに下絵にしてあるぜ」

「わかっておいでになる、そう来なくっちゃ。当代きっての人気絵師は、転んでもただでは起きませんね」

「ってぇか、おいらは兄ちゃんの役者絵こそ描いてみてぇよ。まさか、あのねこう院が役者だったとは知らなんだ」

「フフ、色男ですみません。中村座で舞台に立っていますんで、いつでも猫先生といらしてください」

今日の雁弥は猫の托鉢僧ではなく、役者の中村雁弥として着流し姿で酒宴に混ざっていた。

両国橋の下流に留《とど》まる納涼舟に、和気あいあいとしたひと時が流れゆく。

宗太郎が白猫姿で紅葉錦を披露してから、早いもので十日が経つ。この十日の間には、いろいろなことがあった。

まず翌日には、米芳はこれまでの行いを悔い改め、みずから国芳に一連の真相を打ち明けた。即刻、国芳はこの弟子を破門にした。

その足で、米芳はけじめを付けるために自身番《じしんばん》に自訴したそうだ。今ごろは、八丁堀の詮議の真っ最中かと思われる。

ほかの三人は少し遅れて、二日後に自身番に名乗り出たらしい。米芳が自訴したことを聞きつけて、もう逃れられないと観念したのだろう。

「米芳は、向こう両国の賭場《とば》にかなりの借金があったみてぇですね。つるんでた遊び人どもとも、そこで知り合ったようです」

権七が苦々しい顔で、八丁堀から仕入れてきた話を報告する。

「賭場で稼いだ金子で豪遊して、それが底を突いたら猫ババした金子をまた賭場にぶちこんで、稼げりゃ御の字、稼げなかったら借金ってな具合で、ずぶずぶハマっちまったようです」

「それは、重い罪になるのでしょうか？」

宗太郎は国芳を気遣って、小声で訊いた。

「どうでしょう。ほかにどんな強請《ゆす》りたかりをしていたかがわからねぇとなんとも言えやせんが、掏摸《すり》でも一度目は敲《たた》き、入墨ってなもんでお目こぼしがありやす。やり直そうって性根を見せれば、お奉行さまにも思いは伝わりやしょう」

「そうですか」

罪を憎んで、人を憎まず。

石部金吉の宗太郎は米芳のしたことを決して許すつもりはないが、それでも紅葉錦への誓いを信じて、いずれまた真面目に絵師を志してほしいと切に願った。

紅葉色した血の雨を降らせるようなことはしたくない。させないでくれ、と宗太郎は人知れず右肩をさする。

「おいらは、米芳を許さねぇですぜ」

国芳が小鰭の鮨を口に放りこみながら、言った。

「猫のうわまいをはねて供養代を猫ババしたことも、あんこを捨てやがったことも許せねぇ。けどね、いっち許せねぇのは、あいつの描いた人相書きですよ」

「あぁ、狐顔のですか？　とどのつまり、あんな顔をした遊び人はいなかったっていうことですよね？」

雁弥が指で目を吊り上げながら茶化すので、宗太郎はその膝を叩いてたしなめた。

「これ、やめんか」

「酒の席でもお堅いですね、猫先生は」

「それがしは猫先生ではない」

小競《こぜ》り合いするふたりにはお構いなしに、国芳が米粒を飛ばして言い募る。

「てめぇの悪事を隠すために、あいつは嘘っぱちの人相を描きやがった。おいらたち絵師が、もっともやっちゃいけねぇことです。絵筆に嘘を吐《つ》かせるような野郎に、絵師を名乗る資格はねぇ」

国芳のひと言ひと言が、悲鳴のようだった。きつい言葉が並ぶのは、それだけ国芳が米芳の画才を買っていたことの裏返し。

「ああは言っちゃいやすがね」

と、権七が宗太郎の袖を引っ張って耳打ちする。

「国芳先生、八丁堀に嘆願書を出しているそうですよ」

「嘆願書？」

「米芳のお目こぼしを願い出ているそうです」

「そうですか」

宗太郎はやるせない思いを振りきるように、長くひんなりしたしっぽで納涼舟の板敷きを叩いた。

秋風が吹くころには、それぞれの心が今よりも穏やかになっているといい。

舟の上がなんとなくしんみりしてしまうと、

「まぁ、今日は飲みましょうや。食べましょうや。ほら、猫先生、こっちにまだ鮨も鰻もあまってますよ」

と、国芳が声を励まして、宗太郎の前に赤絵の大皿を並べた。

「そうですね。では、鰻をいただきます」

宗太郎は毛深い手で、大串をつかんだ。こうした舟で出される鰻は屋台のものとは違って、文句なしにうまい。

「ところで、兄ちゃん、今度どこかで納涼芝居を打つときは、おいらも呼んでくんな。小梅村に出たぬっぺら坊の娘ってぇのは、兄ちゃんだったんだろう？」

国芳が話を振ると、よくぞ訊いてくれましたとばかりに雁弥が胸を反らす。

「ええ。わたし女形なんで、娘を演じるのはうまいんです」

「でもって、爺やは蝦蟇の親分かい？」

「へへ、慣れねぇことをしやした。猫先生の筋書きで、裕福そうな身なりで猫、猫と騒げば、ならず者どもが釣れるって算段でしてね」

あの晩のことは、雁弥と権七の名演技あってこその納涼芝居と言えよう。

宗太郎がひと芝居打ちたいと話を持ちかけたとき、雁弥は前のめりになってやる気をみなぎらせていた。権七は今、さりげなく宗太郎の筋書きだと持ち上げてくれたが、実際は台詞から演技まで、そのほとんどが雁弥の手腕によるものだ。

「あの遊び人たち、臆病にもほどがありますよね。わたしの抱いていた三毛猫なんて、ただの犬張子に布切れを巻いたものですよ？　顔のところを白く塗りつぶしていただけなのに、あんなに怯えてくれるなんて思いもしませんでした」

「ですからね、人ってぇのは後ろ暗いところがあると、ちっせぇことにもビクビクしちまうもんなんすよ」

その時の様子を思い出したのか、権七がくっくっと喉を鳴らして笑った。

「そうだとして、娘がぬっぺら坊ってぇのは、どういう絡繰《からくり》なんでい？　兄ちゃんも顔を白く塗りつぶしたのかい？」

「ねこう院になるときと同じですよ。目、鼻、口のない目鬘《めかづら》を着けただけです」

「ははぁ。やるなぁ、兄ちゃん」

まぁ、飲みなよ、と国芳が雁弥のお猪口にとくとくと酒を注ぐ。

それを見ているだけで、宗太郎は酔っぱらってしまいそうだった。納涼舟が、行き交うほかの舟が作る波にあおられてゆるやかに揺れているのも、よろしくない。

宗太郎が茶を所望しようとして腰を浮かしかけたとき、

「あとひとつ、わからねぇんですけどね」

と、国芳が奇妙奇天烈な白猫姿をひたと見つめた。

「米芳は、あの晩、ぬっぺら坊だけでなく化け猫も見たって言ってるんですよ」

「ほう？」

宗太郎は、しっぽりと濡れた鼻を舌先でペロリと舐めた。

「紅葉錦のある、えらくでっけぇ化け猫だって。手拭いを頭にかぶって、二本脚で立つ白猫だったって」

「ほほう」

「それってぇのは、やっぱり猫先生のことで……？」

納涼舟が、不自然に静まり返った。

宗太郎の三つ鱗の形をした耳、松葉に似たひげ、長くひんなりしたしっぽ、そのすべてを国芳が穴の開くほどに見つめていた。

が、すぐに、雁弥が口の前に人差し指を立てて言う。

「国芳先生、それは正真正銘の化け猫ですよ」

「正真正銘の？」

「そうですよ、猫たちの祟りです」

そうして、雁弥は宗太郎に目配せをした。

「そうでしょう、猫先生？　猫先生は化け猫なんかじゃありませんものね？」

「う、うむ」

いや、その化け猫はそれがしです。

そう打ち明けてもいいような気はしたが、そのときは真っ裸だったことや、紅葉錦などと調子に乗ったことを言ってしまったことなどが、今さらながら恥ずかしい。

宗太郎は、耳たぶまで真っ赤になった。泡雪の毛皮のおかげで、それは誰にも見えないのであろうが。

「そうですかい、正真正銘の化け猫ですかい。へっへっ、では、そういうことにしておきましょうかね」

国芳の含みを持った笑い声が、川風に消える。

水面に映る宗太郎の顔は、どこからどうみても人そのもの……とは言い難く、猫そのものだった。

老骨と犬

一

「ちょうちんやぁ、盆ぢょうちん、ちょうちんや、ちょうちん」

夏も盛りの、陰暦六月。

この月の末あたりから、江戸市中のあちらこちらで盆提灯《ぼんぢょうちん》売りの美声が聞こえるようになる。盆提灯売りが商うひげ骨提灯は瓜《うり》形、丸形、枕形、瓢簞《ひょうたん》形などがあり、大は二尺余り、中で尺八、尺五、尺三、小だと尺以下というように、形だけでなく大きさもさまざまな絵提灯が用意されていた。

大店《おおだな》は庇下《ひさしした》に二尺余りの立派な白張り提灯や切子灯籠を掲げ、裏長屋に暮らす者たちは中か小の絵提灯を買う。七月朔日《ついたち》から八月五日、もしくは七日までの毎晩、おのおのの戸口で盆提灯に火を灯《とも》して先祖の霊を弔うのだ。

ぼろ雑巾のような犬が三日月長屋の木戸をくぐったのは、この盆提灯売りが三光新道《さんこうじんみち》をゆっくりとのし歩く、ある日のたそがれどきのことだった。

ちょうど厠《かわや》から出てきたところだった宗太郎《そうたろう》は、すぐに犬のおとないに気づいた。

「はて、迷い犬か？」

それとも、三光稲荷《いなり》に捨てられた新入りであろうか？

薄汚れた茶色い毛並みはぼろ雑巾のようでも、どぶ板を踏みしめて歩く足取りはしっかりとしていた。力強く、迷いなく、犬は井戸端で手を洗っている宗太郎のもとへとまっすぐに向かってきているようだった。

宗太郎がなんとなく動けずにいると、

「ワン」

と、足もとまで来た犬が巻きしっぽを振りながらひと声吠《ほ》えた。

宗太郎は、犬が好きだ。飼い主に忠誠心を示す犬は、さながら主君に仕える家臣を見ているようで胸がすく。猫のように気紛《きまぐ》れでなく、一途《いちず》なのもいい。それがしは猫であっても、心は一途でありたいと思う。

いやいや、それがしは猫ではないとも。見目は限りなく猫に近いが、間違いなく人であるとも。猫が厠で用を足すか、足さないであろう。

「それがしは砂を掘ったりはせんぞ」

ふん、と宗太郎が肩肘《かたひじ》を張っていると、ワン、と犬がもう一度吠えた。

宗太郎は奇妙奇天烈《きてれつ》な白猫姿になってからというもの、犬に吠えられることが多くなった。怖がられているのかもしれないし、威嚇《いかく》されているのかもしれない。

しかし、今この目の前にいる犬はしっぽの振り具合からして、じゃれついているように見えた。

「はてさて」

宗太郎は、おのれを見上げる犬の風体《ふうてい》をまじまじと見つめ返した。茶色の毛皮の胸もとに、三日月のような白い模様がある。その三日月を見ていたら、妙な懐かしさが込み上げてきた。

「……もしや、まるか?」

「ワン」

「まるなのか?」

「ワン」

宗太郎は、かつて『まる』という名の茶色の犬をよく知っていた。

「なんですって? このアレは、アレですって?」

「大家さん、アレじゃわからねぇでしょう」

騒ぎを聞きつけて、戸口の前に出した縁台で将棋を指していた大家の惣右衛門《そうえもん》と、なん八屋《ぱちや》つるかめの三郎太《さぶろうた》が話に入って来る。

「まるってぇと、川澄《かわすみ》先生の飼っていた、あのまる公ってことですかい?」

よーし、よし、と色男の三郎太が頭を撫《な》でようとしたところ、

「ワンワン！」

と、犬が激しく吠えた。

「間違いねぇ！　オレへのこのクソ生意気な態度、こいつはまる公でい！」

まるは賢い犬で三日月長屋の店子《たなこ》たちに大層なついていたが、ただひとり、遊び人を気取っている三郎太のことだけは格下と見て舐《な》めている節があった。なんでも、犬は群れを成す生き物なので格付けをするらしいのだ。

「まるは、三郎太の方が自分よりもアレだってことがわかっているんだろうね」

「大家さん、今のアレは何が入るんすかね？」

宗太郎は三郎太が鼻息荒くアレ大明神に詰め寄るのを横目で見やりつつ、入れるとするならば『怠け者』『甲斐性《かいしよう》なし』あたりであろうか、などと思ったものだが口には出さないでおいた。

「それより、猫太郎さん、まるのアレをご覧なすって」

急に話を振られて、宗太郎は居住まいを正してまるに向き直った。

惣右衛門がアレと指差したまるの太い首には、唐草模様の風呂敷《ふろしき》包みが巻きつけられていた。

「何かを背負っているようですね、どれ……」

宗太郎は慎重に風呂敷を外し、包みを開いた。

「……中身は文《ふみ》と、小柄《こづか》ですかな」

　小柄とは刀の拵《こしら》えのひとつで、大刀《だいとう》や脇差の鞘《さや》に添える小刀のことだ。赤銅魚々子《しゃくどうななこ》地《じ》に勝ち虫とも呼ばれる蜻蛉《とんぼ》を高彫《たかぼり》した意匠に、宗太郎は確かに見覚えがあった。

「この勝ち虫の小柄は、川澄どのが大刀に差し添えている物に相違ないでしょう。笄《こうがい》、目貫《めぬき》とそろいの三所《みところ》物《もの》なので、よく覚えています」

　蜻蛉は決して退かず、前にしか飛ばないことから、武士に好まれる紋様として知られている。

「まさか……。これをまるにアレしてきたということは、川澄先生はついにアレのアレを成し遂げられたのでは……」

「アレを？　武士の本懐を成し遂げたってことですかい？　だとしたら、めでてぇや。おいらは川澄先生なら、いつか必ずしてやれるって信じてたっすよ」

　武士が本懐を成し遂げる。

　惣右衛門も三郎太も喜ばしいことを話しているはずなのに、どことなく声が沈んでいるように聞こえるのは、宗太郎の気のせいではないだろう。

　これでは、まるで形見分けのよう。

　おそらく、三人が三人とも同じことを考えていたに違いない。

「まずは、文を読んでみましょう」

そうは言ったものの、宗太郎の文を広げる手は少し震えていた。

ふたりの言うとおり、まるの主人がもしも武士の本懐を遂げたのだとしたら、この小柄が何を意味するのかを知るのが怖い気がしたからだ。

まるを飼っていた川澄先生こと川澄佐内《さない》は、宗太郎が三日月長屋に引っ越してきたばかりのころ、最奥の四畳半に暮らしていた人物だ。

東北の某藩の江戸詰め勘定方《かんじようかた》を長く務めていた佐内は、本来ならば裏店《うらだな》暮らしをするような御仁ではないのだが、そこには深い事情があった。

佐内は、敵持《かたきも》ちだった。

十年前に、国許《くにもと》で同郷の藩士に身内を殺されていたのだ。

*

宗太郎が三日月長屋に引っ越して来たのは、豆名月を数日後に控えた秋も深い頃合いのことだった。

「ようこそ、三日月長屋へ。ここの店子はみなさん犬猫のことがアレですからね、猫太郎さんがアレだとしても、すぐにアレできるようになりますよ」

「それがしは宗太郎なのですが」

「そういうわけでね、店子のみなさんも猫太郎さんにいろいろとアレしてあげてくださいよ。ご覧のとおり、まだ人にアレしきれていないんでね、何かとアレなこともあるでしょうからね」

つるりとした出額《でびたい》のぬらりひょんに案内されてやって来た長屋で、宗太郎は三度の飯より犬猫好きだという店子たちに『猫太郎』の名で紹介された。

これまでの人生を拝領屋敷で家人《けにん》たちにかしずかれて暮らして来た宗太郎にとって、わらわらと集まる店子たちの遠慮のない視線というのは、正直なところ、いささか恐怖ですらあった。奇妙奇天烈な白猫姿に身をやつすおのれを不甲斐なく思い、引け目を感じていたというのもある。

加えて、口下手《くちべた》でもあるため、初顔合わせだというのに口がからきしうまく回らなかった。

「それがしは宗太郎なのですが」

と、突っこむ声もよくよく小さかったのか、店子の誰も『宗太郎』と呼んではくれない。それどころか、惣右衛門の紹介が『人にアレしきれてない』などという意味ありげな上に要領を得ない『アレ』だったため、店子たちはそれぞれ勝手に宗太郎の人となりを解釈したようだった。

すなわち、必死に人に化けようとしている化け猫が家移《やうつ》りして来た、と。

宗太郎からしてみれば、惣右衛門のでこっぱちの方がよっぽど妖怪に見えたものだが、犬猫好きの店子たちの目には違う景色が映っていたのだろう。

「猫太郎さん、そんなに借りてきた猫にならないでも心配いらないよ。毎日、三光稲荷に手を合わせていれば、人に化けきる日も近いって」

「なんたって三光稲荷は、犬猫の願掛けにご利益がありますからね」

「これからよろしくお頼み申しますよ、猫先生」

次から次へ猫、猫、猫とおっかぶせて来られて、宗太郎はもうどこから突っこんでいいかわからなかった。幸いにも、店子がみな人のよさそうなのが救いだった。

そうした中で、

「近山《ちかやま》どの」

と、たったひとりだけ宗太郎を姓で呼んでくれた人物がいた。

「拙者は川澄佐内と申す。今は主君を持たぬ身ですが、武士でござる」

「近山宗太郎と申します。それがしも武士です」

「そこもとが武士であれば、拙者のまるも武士を名乗れましょう。犬は忠義の生き物ですからな」

「まる……?」

宗太郎は、佐内の足もとで行儀よくお座りをしている茶色い犬を見た。なるほど、賢そうな犬である。

「猫のような気紛れ者が武士を名乗る世になったとは、嘆かわしい」

「はい？」

　佐内は見たところ、齢《よわい》六十になろうかという小柄な老武士だ。どことなく出目金《でめきん》を彷彿《ほうふつ》とさせるぎょろ目は眼光鋭く、所作のひとつひとつはまったく隙がない。身にまとう衣類こそ日に焼けた羊羹《ようかん》色ではあるものの、腰には立派な拵えの大小を差していた。

「近山どのに申しあげておく。拙者は、猫とよしみを結ぶつもりはござらん」

　言うだけ言うと、佐内は踵《きびす》を返して最奥に消えてしまった。

　あまりにも一方的な宣言に、宗太郎が二の句を継げず鯉《こい》のように口をパクパクとしていると、一端《いっぱし》の遊び人気取りの店子が人懐っこく肩を組んできた。

「猫先生、気にすることはないっすよ。ここの店子はみんな犬でも猫でもべらぼうに好きってぇのが集まってるんすけど、川澄先生だけは猫にはちっくり厳しいんです。その分、犬を溺愛してるんです。なぁ、まる公」

　遊び人が親しげに声をかけると、まるが激しく吠えた。

「ワンワン！」

「お前は、また！　どうして、おいらにだけそんなに生意気なんでい！」

　どうしても何も、宗太郎の目には、遊び人が犬にとことん舐められているようにしか見えなかったが、言わぬが花かと押し黙る。

「ワン」

と、まるは宗太郎にも吠えた。

遊び人に対する吠え方とは違って、こちらはいたって行儀のいいものではあったが、なぜだか、宗太郎の長くひんなりしたしっぽはキュッと縮みあがっていた。おかしい、それがしは犬が好きである。これまで、犬を怖いと思ったことは一度もないのに。

「ワン」

悲しいかな、これが犬と対峙《たいじ》したときの猫の性なのか。

「むう、よろしく頼む」

宗太郎がぎこちなくあいさつを返すと、『こちらこそ』とでも言うようにまるは目を伏せて、先に戻ってしまった主人を追いかけていった。

残された宗太郎は、ぶるん、と一度頭を大きく振ってから、まだ肩を組んだままでいる遊び人に向き直った。

「失礼、そこもとの名は？」

「へい、三郎太と申します。表店《おもてだな》で、煮物でも和《あ》え物でもなんでもひと皿八文でお出ししている縄暖簾《なわのれん》、なん八屋つるかめの亭主でございます」

「ひと皿八文ですか、それは心強い」

「これからどうぞ、ご贔屓《ひいき》に」

そう言って笑う三郎太だったが、宗太郎はこのとき、亭主の手がいやにきれいなことが気になった。剣客の手に肉刺《まめ》があるように、料理人の手はもっと水仕事で荒れていてもよさそうなものだ。

気になると言えば、今ほどの御仁のことも。

「ところで、三郎太どの。川澄どのは歴とした武士とお見受けいたしましたが、今は主君を持たぬということは、以前はいずれかに仕官されていたのでしょうか？」

そうした御仁が、何ゆえ、浪人となって裏店暮らしをしておられるのであろう？

宗太郎は、拝領屋敷では有平糖《アルヘイとう》ほどに頭の堅い爺《じい》に身の回りの世話をしてもらっていたので、頑固な老人というのは嫌いではない。むしろ、憧憬を抱きさえする。

今ほどの佐内どのの態度は無礼ではあったが、こちらも奇妙奇天烈な白猫姿で武士を名乗るという荒唐無稽なふるまいをしているわけだから、片腹痛く思われてもいたしかたのないことだと、宗太郎は別段意に介することはなかった。

「猫先生とおんなじなんでしょう」

「それがしと？」

「大人の事情ってヤツがおありになるんでしょう。男なら誰でも、嬶《かかあ》に知られたくねぇ脛《すね》の傷のひとつやふたつ、いんや、みっつやよっつぐらいはあるもんです」

「それがしは、まだ独り身なので嬶はいませんが」

「たとえばの話っすよ」

「川澄どのは、奥方がおられるのですか?」

三郎太は少し考える素振りを見せてから、

「川澄先生の家族は、まる。それでいいじゃないですかい」

とだけ言って、肩に回していた腕をほどいた。

訊《き》いてはいけないことを訊いてしまったのだと思った。

宗太郎のことを猫、猫、猫と決めつけるばかりで、その身の上について店子の誰も何も訊いて来ないことを奇妙に思ったが、訊かないことが裏店暮らしの法度《はっと》なのかもしれないと、このとき、初めて気づいたのだった。


その後、宗太郎はあけすけな三日月長屋の店子たちに四苦八苦しながらも、少しずつ裏店暮らしに馴染《なじ》んでいくこととなるのだが、佐内とだけはひと月近く経《た》っても、今ひとつ心を通わせることができずにいた。

それが、ある日の早朝のこと。

宗太郎がどうにかこうにか『猫の手屋』の看板を掲げるようになって、しばらく経ったころの話だ。すっかりご無沙汰していた素振りをしようと思い立ち、竹刀《しない》を手に三光稲荷の境内へ向かうと、そこでは佐内が先に身体《からだ》を動かしていた。

それも握っているのは真剣だった。白刃が、朝日を照り返して鈍く光っていた。

「おはようございます」

と、宗太郎が生真面目《きまじめ》に声をかけると、

「おはようございます」

と、佐内も姿勢を正して応じてくれた。互いの口から漏れる白い息が、この日の寒さを物語っていた。

「おはよう、まる」

稲荷の赤い幟《のぼり》の下に座っているまるにも声をかけると、こちらも元気よく、ワン、と吠える。宗太郎のしっぽは、またしてもキュッと縮みあがっていた。

さて、それだけで会話は弾まない。

佐内が素振りをするたびに聞こえる、ビュッ、という真剣ならではの刃音だけが、秋気冷涼な朝の空気を震わせて音となっていた。

宗太郎はその刃筋を見るとはなしに見ながら、これまで立ち会ったことのない剣さばきなのが気になって、つい訊いていた。

「見事なお手前です。川澄どのは、どちらの道場で剣術を修められたのでしょうか？」

すると、佐内はぎょろ目で宗太郎の竹刀をちらりと見やってから、すばやく白刃を鞘に納めた。

「道場剣法で、武士の本懐が成し遂げられましょうや」

「はい？」

今、武士の本懐、と聞こえなかったか？

宗太郎にも成し遂げなければならない、武士の本懐がある。人の姿に戻るために、百の善行を積むことだ。

しかし、その本懐とは意味するものが違っているのは明らかだった。善行に剣術は、あまり関係がない。

「命を取るか、取られるかの瀬戸際のやり取りをしていれば、おのずと剣術の腕は磨かれます」

「と、申しますと？」

「猫ならば爪を砥《と》ぐ、犬ならば牙を剝《む》く。そして、武士ならば白刃をふるう。果たして、近山どのは、そのいずれでありましょうな」

「それがしは武士です」

「そうは見えませんな」

「訳あって、今はこのような業《ごう》の深い身ではありますが、それがしは武士です」

　宗太郎がむきになればなるほど、佐内は興醒《きょうざ》めしていくようだった。

「見目だけの話ではありません。今の世は、なまくら刀を提げて臆面もなく武士を名乗るなまくら武士が多すぎる」

「と、申しますと？」

「失礼ながら、近山どのの身のこなしから察するに、今は猫に、いや、浪人風情に身をやつしてはおられるが、本来はお旗本衆《はたもとしゅう》のご子息ではありませんか？」

　ぴしゃりと言い当てられて、宗太郎は一拍迷ったがうなずいた。

「いかにも」

「では、近山どのにはわかりますまい」

「そこをぜひとも、真の武士とはなんたるかをご教授願いたい」

　宗太郎は奇妙奇天烈な白猫姿になってからというもの、ひりひりするほどの武士道に飢えていた。

　それがしは武士であると頑《かたく》なに繰り返しながらも、気づけば陽《ひ》だまりに背中を丸めてうとうとしていたり、しっぽりと濡《ぬ》れた鼻を舌先でペロリと舐めていたり、ともすると、それがしは生まれたときから猫だったのではないかと錯覚してしまうことが日に日に増えてきていた。

　それがしは武士である。

そう自信を持って胸を張っていられるのは、武士と相まみえているときだけなのではないかと、藁《わら》にもすがる思いがあった。

「ならば、近山どの。お手合わせを頼み申す」

「手合わせを……」

「拙者と、真剣での立ち会いをお願いできますか？」

「真剣で……」

宗太郎の通っていた剣術道場では、真剣での立ち会いは禁じられていた。

しかし、ここで断ってはしっぽを巻いて逃げるも同然。受けて立つことで、真の武士を知る佐内に、一人前の武士として認めてもらいたいという気持ちの方が強かった。

「胸をお借りするつもりで、受けて立ちましょう」

宗太郎は佐内を打ち負かしたいわけではない。

刃を交わすことで、心を通わせたかったのかもしれない。

二

「猫先生、早く文を読んでくださいっすよ」

「……む？　むむ、そうでありましたな」

佐内と出会ったばかりのことをぼんやりと思い返していた宗太郎は、三郎太にせっつかれて我に返った。

そんな宗太郎をじっと見上げているまるの射干《ひおうぎ》の実のような目は、あのころと変わらず澄んだ色をしていた。

三光新道から聞こえていた盆提灯売りの声は、いつの間にか、ずいぶんと遠くまで行ってしまったようだった。代わりに、蜩《ひぐらし》の鳴き声が茜《あかね》色に染まる長屋にやさしく降り注いでいた。

「何なに……。『この文が、無事に近山どのに届くことを願って。まるに託せば、心配無用』……」

「なんでい、この文は猫先生宛てっすかい？」

「まるのアレがあるということは、アレはやっぱり川澄先生なんですよね？」

まるの名前があるということは、差し出し人はやっぱり川澄先生なんですよね？

惣右衛門の言いたいことを嚙《か》み砕きつつ、宗太郎は一旦、文から顔を上げた。

「まる、ご苦労であったな。この近山宗太郎、文はしかと受け取ったぞ」

「ワン」

「ご一同に、文の内容を読み聞かせてもよいか？」

「ワン」

どうぞ、とまるが言ってくれた気がした。

「ふむ、では」

かしこまって、宗太郎は文に顔を戻した。

「『三日月長屋のみなは、息災であろうか？　ときどき、つるかめのお煮しめが恋しくなることがあります。今時分の暑い日の夕暮れになると、縁台で惣右衛門どのと将棋を指したことを懐かしく思い返します』……」

夕涼みがてら、縁台で将棋を指すのは三日月長屋の夏の風物詩なのらしい。

「『拙者は倅《せがれ》夫婦と孫に囲まれ、夢まぼろしのごとき日々を送っております』……」

「ははぁ、お幸せそうで何よりですね。川澄先生のアレはいくつでしたっけね？」

「アレって孫のことですかい？　暮れんときに十って言ってた気がしますから、今年で十一になってるんじゃないっすかね」

裏店で犬一匹を家族として暮らしていた佐内に、ある日突然、孫ができた。

青天の霹靂《へきれき》としか言いようのない話に、長屋中の面々は口をあんぐりと開けて驚いたものだが、誰よりも佐内本人がこの上なく驚き、戸惑っていたことを宗太郎ははっきりと覚えている。もちろん、宗太郎も仰天した。

宗太郎は、この騒動を知る少し前に、佐内の背負っている事情について詳しいことを打ち明けられていた。

それというのも、宗太郎と佐内は真剣での手合わせをして以降、思いがけずよしみを結ぶことになっていたからである。

＊

真剣での手合わせは、芝居町のある浅草猿若町より北へ行くことさらに数町、浅草北端の橋場町《はしばちよう》にある真崎《まさき》稲荷裏の松林で行われることになった。

橋場町までは日本橋長谷川町から歩くと、半刻《はんとき》（約一時間）は優にかかる。何ゆえ、そのような遠いところでし合うのか、と宗太郎は佐内の指示を最初は訝《いぶか》しく思ったが、実際に歩いてみると、その間に気持ちを集中させたり、身体を温めることもできて、ちょうどいい距離なのかもしれないと感じた。

こういうことひとつを取っても、道場剣法しか知らない宗太郎にはおよそ気がつかない手心だった。

約束の刻限は、昼八つ（午後二時ごろ）。宗太郎が真崎稲荷裏の松林に着いたときには、すでに佐内とまるは支度を整えて待っていた。と言っても、宗太郎が白鉢巻きに白たすきで気負っているのに対して、佐内は下げ緒をたすき掛けにしただけの軽装だった。それがまた、いかにも場数を踏んでいるようで堂に入っていた。

真剣での手合わせというのは、たいがいが斬り結ぶことを目的とするのではなく、刀を構えた状態での気合と胆力の差を見せつけることによって勝敗が決まる。

　そもそもが、世の中が平らかに治まる昨今、真剣を振るう武士は少ない。何を隠そう、宗太郎も巻き藁以外を相手にするのは、これが初めてのことだった。

　冷たい秋風が松林を駆け抜ける中、宗太郎は抜刀せずに正面を向いたまま、両手をだらりと下げて立った。

「刀を抜かないのですか？」

　抜刀して、正眼《せいがん》に構える佐内が訊いた。

「それがしの通っていた剣術道場では、真剣での手合わせは禁じられておりました」

「なるほど、それで居合の構えですか」

　これならば、白刃を閃《ひらめ》かせることになっても、仕掛けられたので刀を抜いたという言い訳になる。また、単に宗太郎が居合を得意としているということもあった。

　流派によっては居合を教えていない剣術道場もあるが、宗太郎の流派ではひと通り学ぶことができた。それによって、宗太郎はなるべくならば抜かずして相手に勝つことを心掛けるようにしていた。

　宗太郎が居合を使うことを知り、佐内は構えを正眼から八双《はっそう》に変えた。

　切っ先を相手の喉もとに当てるように構える正眼は、攻防一体の体勢でどちらへも動き出しやすいという利点があり、相手の出方がわからないときに役に立つ。

しかし、今は宗太郎が居合の構えなので、佐内から見て右側から攻めて来ることがわかっているため、右側を守りつつ、且つ、即座に攻めに出ることができる八双を選んだのだ。八双は立てた刀を右耳近くまで引き寄せ、左足を前に出す構えだ。

川澄どのは、やはりかなりの場数を踏んでいる。

改めて、宗太郎はそう思った。

八双は甲冑《かっちゅう》を着けて戦っていた時代から、実戦向きの構えとして知られている。腕への疲れを極力減らすことで、長く刀を振るうことができるからだ。それをわかった上で、この構えを取ったのだろう。

宗太郎は松葉に似たひげをピンと広げて、目の前の老武士と対峙した。

互いに、ぴくりとも動かない。動けない、と言った方がいいかもしれない。

宗太郎は焦《じ》れた佐内が間合いを詰めてくるのを待ったが、相手はおいそれとは誘いに乗って来なかった。それならば前に出る振りで色を示してみようかと思っても、そうした隙が佐内にはまったくなかった。

秋風が冷たいはずなのに、業の深い我が身の肉球には汗をかいていた。

やがて半刻は経ったあとだろうか、次第に空が茜色に染まりつつあり、鉛のように動かないふたりの影が細長くなったころ、佐内が刀を下ろした。

「参りました」

「は……?」

「道場剣法と侮っていましたが、見事な気合です。攻め入る隙がなかった。拙者は、近山どのを見くびっていたようです」

「いやはや、それがしこそ、川澄どのの胆力には御見それしました」

「ワンワン」

と、まるが双方を称《たた》えるように力強く吠えた。

思えば、ふたりが対峙している最中、まるはひと言も吠えずによくおとなしくしていたものだ。介添え人のように、ただ成り行きを見守ってくれていた。

宗太郎は白鉢巻きを取りながら、ふと思った。ひょっとしたら、川澄どのは初めから試し合うつもりはなかったのではなかろうか、と。

武士道に飢えていたのは、宗太郎だけではなかったのかもしれない。

「胆力を練ったので腹が空きましたな。近山どの、せっかくなので名物の田楽《でんがく》でも食してから帰りませんか?　真崎稲荷の豆腐田楽はうまいですぞ」

「それは楽しみです」

真崎稲荷の茶屋で出されている豆腐田楽は、やわらかさに定評のある吉原豆腐を使っていて、江戸の粋人たちに人気があった。

つい今しがたまで真剣勝負をしていたとは思えないざっくばらんな体《てい》で、ふたりは松林を抜けて境内へ入った。

鳥居の外には田楽茶屋と呼ばれる茶屋が建ち並んでおり、どこも客であふれ返っていたが、それほど待たずに佐内の行きつけだという一軒の床几《しょうぎ》に座ることができた。

「川澄どのは、このあたりへよく参られるのですか？」

「たまに、まるの散歩のついでに寄ります」

こんな遠くまでまるの散歩をしているのかと宗太郎が驚いている間にも、赤味噌《あかみそ》がたっぷりとかかった豆腐田楽が出てきた。

なんとも甘じょっぱそうなにおい！

宗太郎はさっそく喉を鳴らして串をつかんだが、佐内は赤味噌を指の腹で拭い取ると、手のひらに豆腐だけをのせて、それをまるに差し出していた。

まるは行儀よくお座りをしたまま、豆腐をぺろりと平らげた。

「ほう……」

思わず、宗太郎が感心した声をあげると、出目金を彷彿させるぎょろ目の佐内はわずかにはにかんだようだった。

「犬に赤味噌はしょっぱいのではないかと思い、豆腐だけをやっています」

「すばらしいお心遣いです」

「まるだけが拙者の家族なもので……、長生きをしてもらいたいのです」

宗太郎は、黙って深くうなずき返した。

おのれは、こんな業の深い身となったが、家族がいる。しばし離れて暮らすことになってからというもの、両親のありがたみがしみじみと身にしみるようになった。

ここから、佐内はぽつぽつと、自分の身の上について語り出した。

「どこの藩かは訊かないでいただきたいが、拙者は東北のさる藩士で、江戸詰めの勘定方をしていました」

「勘定方……」

先ほど感じた佐内の胆力を思うに、その肩書きは宗太郎には少々意外だった。幕臣でも藩士でも、警衛を司《つかさど》る番方《ばんかた》が腕に覚えがあるのは当然として、行政を司る役方《やくかた》は総じて武芸には疎《うと》いと相場が決まっているからだ。

「意外、というお顔をされていますな」

「あ、いや」

「お旗本衆の役方は算盤《そろばん》を弾《はじ》くだけかもしれませんが、拙者の藩では武芸に重きを置いておりましたので、幼少のみぎりよりみな等しく剣術をたしなんでいるのです」

「おお、なるほど」

「しかし、それが仇《あだ》となることもあります」

と、申されますと？

そう訊き返したいところだが、宗太郎は豆腐田楽の串をいじりながら、佐内が話してくれるのを待とうと思った。それが裏店暮らしの法度と心得ていたからだ。

「志高くあって武芸を極めた者ならいざ知らず、志低いままになまじ腕に覚えがある者は、すぐに刀を抜きたがる。とりわけ、酒の席では気が大きくなっていけません」

「むむ、酒……」

宗太郎は耳を塞ぎたかった。おのれの場合は酒で気が大きくなるまでもなく、たちところに前後不覚になるわけだが、そのためにしでかした粗相で、このような奇妙奇天烈な白猫姿になっている。

うなだれていると、

「拙者、国許に家内とふたりの倅がおりました」

と、佐内が赤味噌で汚れた指の腹を懐紙で拭き取りながら、独りごちるようにつぶやいた。おりました、とむかし話になっているところが宗太郎は気になった。

「長男は国許で勘定方の見習いをしておりました。しかし、これがいささか浅慮と言いますか、幼いころから頭に血の上りやすい性分でしてな。酒の席で、たびたび同僚といさかいを起こしていました」

「酒は過ごすと、分別をなくしますからな」

「ええ、その晩も……、正体を失《な》くすほど飲んでいたのでしょう。どのようないさかいがあったのかは恥になるので伏せさせていただくが、身から出た錆《さび》とはこのことで、同僚との悶着《もんちゃく》の末に倅は斬り殺されてしまったのです」

「なん……と……!」

「同僚は、その足でいずこへか出奔いたしました。拙者がこのような浪々の身でいるのは、そやつを追っているからなのです」

「それはつまり、川澄どのは敵持ちである……と?」

動揺するあまり、宗太郎は手にしていた串を地面に落としてしまった。

「これは失礼仕《つかまつ》った」

「いや。このような話、聞かされても迷惑でしたかな?」

佐内が日に焼けた羊羹色の袴《はかま》に両手を揃《そろ》えたので、宗太郎も同じように膝の上に両手を揃えて応じる。

「いえ、聞かせていただきたく存じます」

それがしを、真の武士と認めてくれたから話してくれているのだろう。

川澄どのは、もしかしたら、ずっと誰かに話したかったのかもしれない。

「かたじけない。境内をわたる松風と思って、聞き流してもらって結構」

そう言いおくと、佐内は軽く頭を下げてからひと息に話し出した。

「お旗本衆の方々からすれば、敵討ちなどというのは古い因習かと思われるかもしれませんが、拙者のいた藩では武芸を重んじることもあって、敵を追うことは武勇の誉れと思われておりました」

旗本や御家人でも身内が何者かにあやめられたり、妻が不義を犯せば、敵討ちに名乗りを上げる者がいないわけではない。しかし、よほどのことでなければ、あるいは、よほどのことであればあるほど、世間体を気にして病死などと公儀に報告する場合も少なくなかった。

江戸で何か事を起こせば、すぐに瓦版となって世に知れ渡ることになる。武士の鑑《かがみ》と崇《あが》められる一方で、あれやこれやと痛くもない腹を探られ、下手をしたら芝居にまでされかねないからだ。

そもそも、敵討ちには面倒な手続きがいる。敵だからと言って、許可なく斬り捨てていいわけではないのだ。佐内のように藩でのいざこざであれば、藩主の免状をもらって敵を追う。もし、藩領を出るとなれば、行く先々の国々に申し入れをして通行の許しを得る。今は裏長屋を借りて住まうほど江戸に長逗留《ながとうりゅう》しているので、おそらく南北の町奉行所が把握する敵討ち帳に名を書き記しているものと思われる。

「むかしは倅を手にかけた敵が憎くてなりませんでしたが、今はほかにもっと憎いものがあります」

「と、申されますと?」

「武勇の誉れという建前です」

「建前?」

「敵を出した家は、その者を討ち取るまで家督の相続ができません。敵討ちせざるを得ないというのが本音なのです。拙者は江戸におりましたので、国許の次男が長男の敵を追うことになりました。弟は兄と違って少々のんびりしているので武芸は今ひとつ心許ないが、家名存続のためにはやるしかないのです」

家督を相続できなければ、いずれはお家は取りつぶしになる。武家にとって、お家の取りつぶしは不名誉なこと。なんとしても避けなければならない。

建前と本音。その言葉は、宗太郎には中村雁弥がよく言っている『表と裏』に似ている気がした。

「それで、川澄どのの敵の剣術の腕前は?」

「藩内でも知られた剣豪」

「なんと」

「の、隣の屋敷に住んでいた男です」

宗太郎は、また手から串を落としそうになった。この期に及んで、紛らわしい言い方をしないでもらいたい。

「長男は祝言を挙げたばかりでしたので、嫁がおりました。これがなかなかのしっかり者で、義弟ひとりには任せられないと思ったのでしょう。嫁も次男にしたがって旅に出ることになりました」

「女人の身で……、お労《いたわ》しい」

「当初、敵が蝦夷《えぞ》へ向かったとの噂《うわさ》もあったため、ふたりは陸奥《むつ》、出羽《でわ》の諸藩をめぐりつつ、北の大地を目指して旅しておりました。ちょうど今ごろの暦で、東北は寒さが大手を振って歩く季節となっておりましたから、その厳しさやいかばかりか」

　宗太郎はうなずき返しながら、寒いわけでもないのに二の腕をさすった。

　豆腐田楽はとっくに平らげてしまったが、間もなく夕暮れどきを迎えることもあって茶屋にはほかに客の姿はなく、

「先生がた、どうぞごゆっくり」

　と、小女が茶をいれかえてくれたのをいいことに、宗太郎と佐内は遠慮なく床几に居座り続けることにした。

　まるは地面に伏せをして、おとなしく目を閉じている。その背中に、季節外れの蜻蛉がとまっていた。

「初めのうちは、次男から小まめに知らせが届いていたのですが、半年も経ったころから途絶えがちになり、ひと年を待たずしてふたりの行方がわからなくなりました」

「それは……、まさか」

敵の返り討ちに遭ったのでは……。

口にするのが憚《はばか》られる、悪い考えが頭をよぎった。

「そこで拙者は殿に許しを乞い、江戸屋敷を出て蝦夷を目指すことにしました。もう十年もむかしの話です」

「十年……、長きことですね」

「諸藩をめぐるうちに、次男と長男の嫁が、どうも蝦夷には向かっていないようだということがわかりました。それというのは、各関所に残された足取りから、敵が蝦夷へ逃げたというのはでたらめで、江戸へ向かったらしいことがわかったのです」

「なるほど。木を隠すには森、人であふれる江戸はそうした輩《やから》も多いと聞きます」

「ごもっともです。そこで拙者も江戸へ戻りましたが、敵のことも、次男も長男の嫁も見つけることはかないませんでした」

「川澄どのは、江戸屋敷へ戻られたのですか?」

「いや、敵を討ち取るまでは江戸屋敷へ戻るわけにはいきません。敵討ちに出るにあたって、拙者は勘定方の職を辞していますから」

そうであった、今は主君を持たぬ身だと聞いていた。川澄どのは浪人となったがために、裏店暮らしをしているのだ。

宗太郎が湯呑《ゆの》みを手に軽くうなずいていると、佐内が意外なことを口にする。

「以前、拙者は今は主君を持たぬ身と言いましたが」

「はい」

「正しくは、いまだに藩士ではあるのですよ。敵を討つまでの間、暇をもらっていることになっているのです」

「そういうことでしたか」

「敵持ちと書いて、『根なし草』と読むのかもしれませんな。この十年、敵をさがして人の多く集まる町を転々として来ました。江戸を離れて常陸《ひたち》や上野《こうずけ》、上総《かずさ》などに移り住んだこともあります」

「ご苦労されたのですね」

「拙者の苦労など、たかが知れています。本当に苦労していたのは、国許にひとり残っていた家内でした。拙者の旅の路銀を工面してくれていましたが、心労が祟《たた》ったのでしょう。三年前に亡くなりました」

宗太郎は言葉が出ず、松葉に似たひげをすぼめて心の中で手を合わせることしかできなかった。

「なまくら武士と笑ってください」

と、ここで佐内が自嘲気味に声を張る。

「拙者、家内の死を知ったとき、もう敵討ちは諦めようと思いました」

「しかし、それでは家督が……」

そう言いかけて、家督を譲るべき次男の行方もわからずじまいであることを宗太郎は思い出した。

「この七年、拙者は何をしていたのであろうか、何もできずに家族をすべて失った。そう思ったら、武士の意地を張ることが急に馬鹿らしく思えたのです」

「武士の、意地ですか」

「いつ成し遂げられるともわからない旅なれば、路銀もやがては尽きます。はじめは武勇の誉れと称えてくれていた親類たちも、金子《きんす》の無心をされてはかなわんとあからさまに疎遠になっていく」

人ひとりが生きていくためには、先立つ物がなくてはならない。

宗太郎も裏店暮らしをするにあたって、まずは生計を立てていかなければならなかった。『猫の手屋』は奇妙奇天烈な白猫姿から出た洒落《しゃれ》でもなんでもなく、糊口《ここう》をしのぐための切実な活路なのである。

「そんなときに、まると出会いましてな。行徳《ぎょうとく》の廻船《かいせん》問屋で、住みこみの用心棒をしていたときのことです。船頭のひとりが、堀割に落ちている仔犬《こいぬ》を拾って連れて帰ってきたのですよ」

「ほう、それは運の強い仔犬ですこと」

宗太郎は、眠っているまるの頭をそっと撫でた。猫の毛皮はやわらかいが、犬の毛皮は存外しっかりとしている。

「犬は、忠義の生き物です。まるを見ていたら、もう一度また武士の意地を張ってみようと思えるようになりました。そこでまるを引き取って、犬連れで暮らせる長屋をさがしていたところ、三日月長屋を知ったというわけです」

「ははぁ、なるほど」

犬猫にご利益のある三光稲荷をいただく長谷川町には、犬好き猫好きが集まる。

宗太郎はそうしたご利益のことなどまったく知らなかったのだが、長屋をさがしているといえば口入れ屋の戸を叩《たた》いたら、たまたま三日月長屋を勧められた。今にして思えば、あれはたまたまなどではなく、周囲からしたら宗太郎の姿は懸命に人に化けようとしている白猫にしか見えていなかったということなのだろう。

宗太郎は、なんとなく、しっぽりと濡れた鼻を舌先でペロリと舐めた。

「いやはや、近山どの、長々とつまらぬ話に付き合わせてしまいましたな」

「いえ、その……」

こういうとき、なんと言えばいいのであろう。

宗太郎は、業の深い身に成り下がったおのれを、江戸いちの不幸を背負いこんでいると恨めしく思っていた節があるのだが、とんでもない、世の中にはもっと重き不幸を背負いこんでも折れずに立っている人たちがいた。

「大変得難いお話を聞かせていただきました」

こんな月並みな言葉では、かえって失礼かもしれないが。

「そう言ってくれるのは、近山どのだからでしょうな。猫の手ならぬ、猫の耳をお借り申した」

「この三《み》つ鱗《うろこ》の形をした耳でよければ、いつでもお貸ししましょう」

「では、拙者の老いた耳でよければ、こちらもいつでもお貸ししましょう。近山どのも、話したくなったときに、話してくだされ」

それだけ言って佐内が床几から立ち上がったとき、空にはすでに藍がにじんでいた。

無理にこちらの懐にまで押し入って来ようとはしないやさしさに、宗太郎の胸はじんと熱くなった。

「ごちそうさま。おみつちゃん、ぶら提灯を借りて帰ってもよいか?」

「はいよ、先生。途中で真っ暗になったらいけないですもの、持ってって」

小女は、おみつという名らしい。佐内が親しげに声をかけると、『甲子屋《きねや》』と屋号が入ったぶら提灯をふた張り持たせてくれた。

「では、帰りましょうか。三日月長屋へ」

「そうですね、三日月長屋へ」

「ワン」

と、ひと声吠えて、まるが露払いを務めるようにふたりの前を歩き出した。


そんな佐内のもとに、久方ぶりに某藩の江戸屋敷から文が届いたのは、酉《とり》の市が立つころだった。

宗太郎は佐内に誘われて入った近所の蕎麦《そば》屋の小上がりで、文の内容を聞かされた。

「近山どの。拙者には、どうやら、孫がいるらしい」

「はっ、孫⁉」

宗太郎はびっくりして、たぐっていた新蕎麦をうっかり嚙み切ってしまった。江戸っ子は、蕎麦は嚙まずにたぐるものだ。とりわけ、新蕎麦はつゆにほとんどくぐらせることなく飲みこむのが粋とされている。

「川澄どの。今、それがしの耳には『孫』……と聞こえたのですが」

「いかにも。江戸屋敷からの文で、板橋宿《いたばししゅく》の旅籠《はたご》で次男に似た男が働いているらしいとの知らせを受けました」

「それはまた……、寝耳に水ですな」

「ええ。拙者の国は東北ですから、倅や敵が奥州《おうしゅう》道中を使うこともあろうかと千住宿《せんじゅ》には足繁《あししげ》く通い、また住みついていたこともあるのですが、上方《かみがた》につながる中山道《なかせんどう》の板橋宿までは気が回りませんでした」

江戸四宿《ししゅく》と呼ばれる東海道の品川《しながわ》宿、奥州道中の千住宿、中山道の板橋宿、甲州《こうしゅう》道中の内藤新宿《ないとうしんじゅく》は、いずれも日本橋からおよそ二里の位置にある。旅籠や料理屋には飯《めし》盛女《もりおんな》と呼ばれる遊女を置くことを公儀から許されていたので、旅客のみならず遊客も取りこみ、宿内はそれぞれに江戸市中とはまたどこか違った、ある種の泥臭いにぎわいを誇っていた。

と言っても、宗太郎はどの宿場にも行ったことがないので、今ひとつピンと来ない。

「ご子息に似た男というのは、間違いなくご本人なのでしょうか?」

「大坂へ商いの旅に向かう同郷の商人が、旅籠で倅を見かけて声をかけたと文には書いてありました。その商人は、倅の顔を知っている者だそうです」

「声をかけられて、ご子息は身分を明かしたのですか?」

「いや、そうとはっきり名乗ったわけではないようですが、国の言葉を久しぶりに聞き、涙ぐんでいた……と」

「ほうほう」

宗太郎は箸を置いて、腕を組んだ。

そして、孫という言葉を思い出す。

「はて、それがご子息だとして、孫と言いますのは？」

「倅に似た男は、旅籠で住みこみの板前をしていたそうです。そばには妻と子どもがいたと書いてありました」

「そうでしたか。行方が知れた上に、お孫さんがいるとわかったのは何より重畳《ちょうじょう》です」

「返り討ちに遭ったわけではないのには安堵《あんど》はしましたが、その……」

「その？」

佐内が言いよどんで、いつぞやのように日に焼けた羊羹色の袴に両手を揃える。

「恥を忍んで打ち明けます。その妻というのは、長男の嫁のようなのです」

「はい？」

ソノツマトイウノハチョウナンノヨメ。

はじめ、蘭語《らんご》でも聞かされたのかと思った。色恋にうとい宗太郎には、まったく意味のわからないことだった。

「ふたりからの知らせが途絶えたときに、薄々、そんな気はしていたのです。男女で敵討ちの旅に出た者は、その稀有《けう》な重責から逃避するために、なんと言いますか……、色に溺れることも少なくないそうで……」

それはつまり、弟が兄嫁を寝盗《ねと》ったということか？

いや、兄はすでに亡くなっているので、寝盗ったわけではないか。未亡人が再嫁したと考えればいいのか。

朴念仁《ぼくねんじん》なりになんとか折り合いをつけようと、宗太郎は必死に考えをめぐらせた。が、いくら考えても納得のいく答えがでなかったので、話を変えることにする。

「ええと、お孫さんは男の子ですか？　女の子ですか？」

「男の子で、十歳だそうです」

「十歳……」

長男が亡くなったのは、十年前と聞いている。ということは、これでは敵討ちの旅に出てすぐに理《わり》ない仲になったということになる。

「面目ない話です」

佐内は蕎麦ののった膳を脇へ押しやって、鬢《びん》に白い物がまじる頭を下げた。

「むむ。川澄どの、面《おもて》を上げてくだされ」

「情けない。倅はなまくら刀を提げたなまくら武士でもなかった」

武士であることを捨て、大刀を包丁に持ち代えて、次男は職人として生きていた。父親が、自分になり代わって、必死に敵をさがしていることも知らずに。

「江戸屋敷からの文には、倅に会いに行ってやってはどうかと書かれてありましたが、とんでもない。このまま捨てておこうと思います」

「そんな、せっかく行方がわかりましたのに」

「会ったところで、何を話せばいいのやら」

「何も話さなくともいいのではありませんか？」

「は？」

「親子なのですから、言葉なぞなくとも、顔を突き合わせるだけで心の会話ができましょう」

宗太郎は金色の目で、佐内のぎょろ目を見つめ返した。

奇妙奇天烈な白猫姿に身をやつすことになった仕儀を、宗太郎は父親に打ち明けずに役宅を出てきてしまった。そのことを、今はとても後悔している。

倅の変わりようについて、父が一度きりしか訊いて来なかったというのもある。その一度きりの機会に、宗太郎がうまく言葉にすることができずにいたら、父はもうそれ以上は詮索してこなかった。

そのときは突き放されたと思ってしまったので心がかき乱れたが、今ならわかる。訊かないことが父のやさしさだったのだろう。倅を信じて、何も訊かずに見守ることを選んでくれたのだ。

「拙者の家族は、まるのみ」

「まるにも家族が増えることになるのですよ？」

「む……」

「それがしには男女の心の機微はわかりません。ご子息と兄嫁どのに何があったのか、忖度《そんたく》のしようもないのが正直なところですが、親子ならば心の会話をするべきです」

ご子息が武士という生き方を捨てたのには、きっと何か事情があるはず。

宗太郎はおのれの抱える事情に思いを馳《は》せて、遠くを見るように金色の目を細めた。

「近山どのにも、顔と顔を突き合わせて心の会話をしたいご家族がおられるのか？」

「はい」

「そうですか、ご家族と会話ができる日が来るといいですな」

「……はい」

その後、ふたりはじっくり時をかけて新蕎麦をいただいた。

翌日、佐内はまるを連れて板橋宿へ向かい、長らく生死すら知り得なかった家族と再会を果たした。

少々のんびりした性分だという次男と、なかなかのしっかり者らしい長男の嫁のなれそめに宗太郎は毛ほどの興味もなかったが、佐内はふたりが夫婦となるに至ったあらましに納得したようで、ほどなくして残りの人生を倅夫婦と孫に囲まれて過ごすことを選んだ。

ただし、そうした穏やかな暮らしに身を置くことになっても、武士の意地は張り続けると言う。これまでのように足を棒にして敵をさがすようなことはしないまでも、万が一にもめぐり合うことができたならば、揮《ふる》って本懐を成し遂げる覚悟は忘れない。

そう言って、佐内は蜻蛉の意匠の小柄を差し添える腰の大刀を叩いた。

「川澄どの、お元気で。ご武運をお祈り申し上げます」

「近山どのも、お達者で。真の猫武士どのに、三光稲荷の加護があらんことを」

「それがしは猫武士ではありませんぞ」

「そうか、白猫武士か」

そんな軽口を最後に、老武士とまるが三日月長屋を出ていったのは師走に入って少ししてからのことだった。

煤竹《すすたけ》売りの担ぐ笹《ささ》の葉の向こうに見え隠れする、背筋の伸びた佐内の背中を、宗太郎はいつまでも見送っていたのだった。

三

「猫先生、猫先生」

「……むむ？」

「どうしやした？　文ん中に、猫先生でも読めねぇ字が書いてありやしたかい？」

「い、いや、そうではありません」

猫先生でもありません。

三日月長屋の井戸端で文を手に案山子《かかし》のようになっていた宗太郎は、いつの間にか、三郎太に肩を組まれていた。

これをやられると、佐内は決まって『馴れ馴れしいぞ、小童《こわっぱ》め』と苦虫を噛み潰したような顔をしていたが、三郎太の腕をはたき落とそうとはしなかった。三郎太の向こうに倅たちの面影を見ていたからなのか、それとも、店子はみな家族と思っていたからなのかはわからないが、少なくとも、三日月長屋の面々から佐内はとても慕われていた。

そんな佐内が長谷川町を離れてから、早いもので半年以上が経つ。

年が明け、春が来るあたりまでは年老いた武士の後ろ姿を見るたび、佐内とまるを思い出していた宗太郎だったが、日々のやるべきことに追われているうちに、近ごろではめっきり忘れがちになっていた。

文をやりとりするほど、宗太郎も佐内も器用な男ではない。むしろ、便りがないのはよい便りぐらいに宗太郎は思っていた。

それなのに、今日、文が届いた。忠犬のまるが届けてきた。

宗太郎はまるの頭を撫でながら軽く深呼吸をし、気を取り直して文を読み始めた。

「何なに……。『ところで、近山どのに至急お頼み申したき儀あり。積年の想いを晴らすときが、ついにやって参りました』……」

「ほら！　川澄先生は、やっぱり本懐を遂げなすったんでい！」

「アレするんじゃないよ、三郎太。文を最後までアレしないことには、詳しいことはわからないよ」

俄然《がぜん》、宗太郎の目は文に釘付《くぎづ》けになった。

「『長男の敵、岡坂又市《おかさかまたいち》が板橋宿の妓楼《ぎろう》に居続けているとの知らせを受け、しかと当人であることをあらためた次第です。三日後、昼八つ（午後二時ごろ）に宿内の縁切り榎《えのき》裏田畑にて果たし合いを申し入れてあります。つきましては、猫の手屋宗太郎どのに猫の手をお貸しいただき、見届け人になってもらえまいかと』……」

「こりゃ、いつから数えて三日後なんすかね。まる公、お前はわかってんのかい？」

「ワン」

犬に訊いてもわからない。

「猫太郎さん、アレを確認するといいですよ」

「アレ……」

後付けか、と思い至って、宗太郎は文の最後へ視線を走らせた。

署名とともに書き記された日付は、六月晦日《みそか》となっていた。

「晦日……ってぇことは、こりゃ、今日の今日書かれた文ってことじゃねぇっすか」

三郎太が文に顔を近づけて、墨の香りを嗅ぐ。

「ふんふん、こりゃ今さっき書いたばっかりですぜ。墨の香りがぷんと残ってるような、残ってねぇような」

「どっちだい、まったく。あぁっと」

と、惣右衛門が宗太郎の肩にのっている三郎太の手の甲を思いきり叩いた。

「イテテ！　何するんすか、大家さん！」

「三郎太、アレだよ、アレ。血を吸われるところだったね」

「アレ……って、蚊っすか！　こんちくしょうめ！」

三郎太が両手を振り回して蚊を追っ払いだした。

しかし、今の宗太郎には、そんな騒々しさは耳に入って来なかった。

川澄どのが武士の意地を張って、本懐を遂げようとしている。そう思ったら、宗太郎の全身が鳥肌立った。武者震いなのか、手は震えていた。

「それがし、今すぐ川澄どののもとへ向かおうと思います」

「ワン」

「まる、案内してくれ。板橋宿へ急ごう」

押っ取り刀で駆け出そうとする宗太郎を、惣右衛門が年寄りならではの分別臭い顔で止める。

「お待ちなさいな、猫太郎さん。今から出かけたら、アレに着くころにはアレしてしまっていますよ」

板橋宿に着くころには日が暮れてしまっていますよ、であろうか。

日本橋から二里と少しの板橋宿へは、歩いてだいたい一刻（約二時間）ほどかかる。もうすいぶん前に夕七つ（午後四時ごろ）の鐘は鳴り終わっているので、今すぐに出立したとして、どう早足で急いでも暮れ六つ（午後六時ごろ）の鐘は過ぎてしまうだろう。それでも、それくらいの刻限ならば闇が濃いわけではない、問題ない。

「板橋界隈《かいわい》は、ちょうど朱引《しゅび》きの境で大木戸のアレですよ。江戸市中の町木戸とはアレが違いますからね。巣鴨村《すがもむら》あたりからは、もうアレしかありませんよ」

アレの虫食いが多すぎてまったく伝わりませんが、という言葉を宗太郎はぐっと呑《の》みこんだ。

江戸四宿には町木戸の親玉のような厳《いか》めしい大木戸があり、これより内側が御府内、いわゆる、江戸市中となっている。切絵図で見ると御府内は朱色で線引きされているため、『朱引き』とも呼ばれていた。

惣右衛門の連発したアレはまったくもって意味不明ながら、朱引きの中と外では町のにおいががらりと変わってくるのかもしれないということだけは、宗太郎にもなんとなくわかった。

「猫先生、板橋宿に行くんすか？」

蚊を退治した三郎太が、会話に戻ってきた。

「ええ、川澄どのに猫の手を貸しに」

「三日先まで留守にするってぇなら、その間の猫の手屋の仕事はどうするんで？」

「むっ」

お盆前ということもあり、明日もあさっても、馴染みの大店の菩提寺《ぼだいじ》で墓石の掃除と草むしりの仕事が入っていた。

「そうでしょう、アレでしょう、猫太郎さん。今日のところは、そうしたお客さんのところへアレをしたためるなり、直接アレして話をつけるなりして、長屋をアレにする支度をした方がいいでしょう」

「しかし、川澄どのが……」

「今夜発《た》っても、明日の朝いっちで発っても、三日後のアレには間に合いますよ。事を急《せ》いてはアレするって言いますでしょう」

事を急いては仕損じる、か。

なるほど、それがしが浮き足立っているばかりに、回り回って川澄どのの足を引っ張ることになっては面目ない。

「それにほら、猫先生、まる公を見てくださいよ」

三郎太に言われて改めて見てみると、ぼろ雑巾のように汚れた毛皮のまるはハァハァと舌を出して息をしていた。

「この暑い中、板橋宿から走りどおしでここまで来たんでしょうよ。今日のところは、まるをちっくり休ませてやっておくんなさいって」

「そうか、そうであるな」

宗太郎はひざまずいて、まると目線を合わせた。

「まる。それがしは融通が利かない男なので、ときどき、周囲が見えなくなる。気づいてやれずにすまなかったな」

「ワン」

「よし、まずはゆっくり水を飲むといい」

台所から取って来た盥《たらい》にたっぷりと井戸水を張ってやると、まるは顔から溺れるようにしてゴクゴクと水を飲み出した。猫が舌先だけでちょろちょろと水を飲むのとは、大違いである。

「それを飲んだら、汚れた毛皮を洗ってやろう。涼しくなるぞ」

まるの忠義に感服した宗太郎は、働きをねぎらおうとひたすら手を動かした。

何かをしていないと、佐内のことを考えて居ても立ってもいられなくなる気がしていたというのもある。

「猫先生、おいら、まる公の食えるようなモンを嬶にもらって来ますわ」

「ありがたい。では、三郎太どの、豆腐があれば分けていただけますか？　まるの好物なのです」

「あいよ、がってんでい」

「じゃあ、あたしは番小屋の吉蔵《よしぞう》さんにアレにして、明日の朝はちょいと早めに木戸をアレしてくれるように、よろしくアレしておきましょうかね」

江戸市中の町木戸は防犯のため、夜四つ（午後十時ごろ）から明け六つ（午前六時ごろ）までは、番小屋の番太郎が閂《かんぬき》をかけることになっている。夜間や早朝に出歩きたければ、各町に建つ町木戸のひとつひとつを順に開けてもらわなければならなかった。

「かたじけない。惣右衛門どののおかげで、頭を冷やすことができました」

「いやですよ、ただの年寄りのアレってヤツですから」

このアレは、年寄りの冷や水、であろう。

「それに、あたしにとっては猫太郎さんだけじゃなく、川澄先生だって今も大切なアレのひとりだと思っていますからね」

「店子……ですか？」

「ええ」

宗太郎は三日月長屋のこうしたさりげないお節介に、いつも助けられている。

「かたじけない」

もう一度つぶやいて、宗太郎はまるの背中を撫でた。毛皮がごわごわしていたが、それが野武士のように頼もしく思えて、また武者震いをしてしまった。

そういえば、いつのころからか、まるが吠えても宗太郎のしっぽがキュッと縮みあがることはなくなっていた。犬と猫でも、わかり合える日は来るということだ。

「いやいや、それがしは猫ではないがな」


その晩、宗太郎は惣右衛門に言われたとおり、馴染みの大店をまわって火急の依頼が入った旨を打ち明け、三日ほど長屋を留守にするが、追って穴埋めをすることで無事話をつけることができた。

まるはと言うと、夜更け前には早々に壁際で丸まって眠ってしまっていた。今日は主人の大事な文を届けるという大役を担って、よほど疲れていたのだろう。

猫ほどではないが、人にくらべれば犬も小さな体軀《たいく》をしている。怪我《けが》をしないで、よく二里も歩いて来てくれた。腕白な子どもにいたずらされることや、大八車《だいはちぐるま》や馬に轢《ひ》かれる危険もなくはなかっただろうに。

「ご苦労であったな」

かつて、初対面の場で佐内に言われたことを思い出す。

『そこもとが武士であれば、拙者のまるも武士を名乗れましょう。犬は忠義の生き物ですからな』

まったくもって、その通りである。

「犬が忠義の生き物とは、よく言ったものだ」

まるの気持ちよさそうな顔をのぞきこんで見ているうちに、宗太郎はあることに気づいた。

「犬のひげはお飾りとは言うが、これほどまでに短いものか」

宗太郎の松葉に似たひげなどは、ちょっとした熊手に匹敵するほど長くて力強い。

ほかにも猫との違いをさがしてジロジロとうかがっていると、佐内と真崎稲荷で豆腐田楽を食べている夢でも見ているのか、まるが口をもごもごと動かし出した。

と思ったら、でろりん、と長い舌が垂れた。

「フハハ」

宗太郎は声に出して笑ってしまって、慌てて口を押さえた。

猫も気をつけないと、ときどき、鋭い牙の間から舌が出ていることがある。おのれでは出しているつもりはないのだが、どうも舌が乾くと思って口もとに手を運んでみると、ちょろりと舌先だけがのぞいているのだ。だらしのないこと、この上ない。

「いやいや、違うぞ、それがしは猫ではないぞ。これはそれがしの話ではなく、そう、三光稲荷の千代紙一家の話である」

誰に聞かせるでもなく、ぼそぼそと小声で言い訳めいたことを述べ立てているうちにも、腰高障子の向こう側がうっすらと白み始めてきた。

「ふむ、そろそろ発つか」

まだ日が昇りきる前ではあったが、宗太郎は編《あ》み笠《がさ》ひとつを手に持ち、まるを連れて三日月長屋を出た。

番小屋に差しかかったとき、番太郎の吉蔵はすでに起き出して通りに立って待ってくれていた。

「あぁ、来た、来た。おはようございます、猫先生」

「それがしは猫先生ではありませんが、おはようございます。吉蔵さん」

律儀に突っこみを入れる宗太郎を人好きのする笑顔で受け流して、吉蔵がまるに声をかける。

「まる、久しぶりだな」

「ワン」

「お前さん、昨日、ここを通ったのかい？　ちっとも気づかなんだわ、声かけてくれたっていいじゃねぇかい」

「ワン」

まるの頭を親しげに撫で回す吉蔵は、もういい年の老人だ。七福神の寿老人《じゅろうじん》のように頭が長い。その長い頭の中には、町内で起きたあらゆるむかし話がしまいこまれていると言われる、町評判の生き字引だ。

「猫先生、惣右衛門さんから聞きましたよ。これから板橋宿まで、川澄先生に猫の手を貸しに行くんですってね」

そして、声をひそめる。

「なんでも、敵討ちだそうで」

「それがしは、見届け人になるだけです」

「三日月長屋にお住まいになっている間、川澄先生にはよくしてもらいました。お元気そうで何より、どうぞご武運をとお伝えくださいまし」

「しかと承知」

話し好きの吉蔵とは、いつもついつい長話になってしまうのだが、今朝は互いに心得た呼吸で口をつぐんで、それぞれの仕事をこなすことに専念した。

宗太郎とまるが門を外してもらった木戸をくぐって日本橋田所《たどころちょう》町へと歩き出すと、背後で吉蔵が、カーン、と高らかに拍子木を打った音が聞こえた。この音を聞いて、隣町の木戸番小屋の番太郎が門を開けてくれるのだ。

数町ほどそうしたことを繰り返しているうちに東の空へ日が昇り、明け六つ（午前六時）の鐘が鳴った。

町木戸が開くと、江戸市中は一気に騒がしくなる。蓮《はす》の実が飛ぶように路地から路地へ威勢よく行き交う物売りたちに、足もとのまるが脚を踏まれないよう、蹴飛ばされることがないよう、宗太郎は抜かりなく周囲に気を配りながら歩を進めた。

何しろ、まるは佐内の大切な家族だ。板橋宿へは、宗太郎ひとりが早駆けして向かえばいいというものではないのだ。

気は急いたが、ひと晩頭を冷やしたことで、昨日よりは幾分か地に足がついた心地で事に臨めそうだった。

「まる、それがしから離れるなよ」

「ワン」

「今日も暑い一日になりそうであるな」

「ワン」

まだ早朝だというのに、容赦のない日差しが二匹の毛皮をじりじりと焦がすように降り注いでいた。いや、ひとりと一匹か。

宗太郎は、手に持っていた編み笠を被《かぶ》った。

ひとりと一匹は、まずは八辻原《やつじがはら》とも呼ばれる神田《かんだ》の筋違御門《すじかいごもん》を目指した。

ここで神田川を渡り、神田明神を右手に見上げながら、ひたすら北へ進む。

途中、同じく右手に加賀金沢藩前田家《かがかなざわまえだ》の上屋敷《かみやしき》を囲う白い海鼠壁《なまこかべ》を延々と見て歩くことになるのだが、敷地は優に十万坪を超えるそうで、通りからもその権勢のほどは十分にうかがい知ることができた。さすがは百万石の大名家である。

さらに、北隣は副将軍であられる常陸水戸《みと》藩徳川家の中《なか》屋敷になっており、こちらも五万坪あまりの広さを誇る。

このふたつの大名屋敷の境界近くに、それまで歩いてきた通りが大きく二股に分かれる駒込追分《こまごめおいわけ》がある。直進すると日光御成道《にっこうおなりみち》につながり、左に折れて西へ進むと、ここからがいよいよ中山道だ。

しばらくは、諸藩の中屋敷や下《しも》屋敷が軒を並べる武家地、または寺社地、街道沿いに貼り付く町人地などが混在するにぎやかな一帯が続くが、江戸っ子に人気の菊を育てる植木屋が五十軒以上は建ち並ぶ巣鴨通りを抜けて、板橋宿へ入る立て場の庚申塚《こうしんづか》までやって来ると、そこからはもう惣右衛門の言っていたように一面見渡すかぎり『アレ』しかなかった。

アレとは、すなわち、畑だ。

「おお、緑がまぶしいな」

宗太郎は被っていた編み笠を指先で軽くつまみ上げて、朝日に照らされる一面の緑を眺めた。日本橋界隈に暮らしていると、ここまで見通しのいい景色にはそうそうお目にかかれない。

緑が多くなるにつれ、人通りはめっきり減っていった。と言っても、人の姿がないわけではなく、街道の左右に広がる畑では百姓たちが畑仕事に精を出していた。

町の喧騒《けんそう》を抜けきったせいか、まるの足取りも心なしか弾んでいるようだった。

「まる、少し休むか？」

「ワン」

「あそこの出茶屋で水をもらおう。いや、それがしはいい、あまり水分を摂《と》ると小便をしたくなるからな」

「ワン」

「そこもとはいいであろう、道端でもどこでも片脚を上げれば済むのだから」

「ワン」

「いやいや、それがしは猫ではない。武士である。砂を掘って用を足すような真似《まね》は、膀胱《ぼうこう》が破裂しても断じてしないぞ」

猫に、いやいや、人に犬の言葉はわからないが、なんとなく会話は成り立っていた。

やがて、巣鴨村から滝野川村《たきのがわむら》に入ると、朝餉《あさげ》の支度の煙が天に向かって幾筋も立ち上っている板橋宿の町並みが田畑の向こうに望めるようになってくる。

板橋宿は宿内の人口こそ江戸四宿の中でもっとも少ないが、町内は十五町四十九間、往還は二十町九間にもわたり、平尾《ひらお》宿、中《なか》宿、上《かみ》宿の三つの宿を併せて板橋宿、あるいは、下板橋宿と称する。

この板橋宿の東側一帯には、先ほど上屋敷を拝んだ加賀金沢藩前田家の下屋敷があり、回遊式庭園や馬場、作事小屋、畑、花畑などが、二十一万坪という桁外れに広大な敷地内に点在しているそうだ。

さて、宿内はと言うと、早朝ということもあって、これから信濃《しなの》や京、大坂へ向かって出立する旅客や、その旅客を鴨《かも》にしようと必死に誘う駕籠《かご》かきやら、馬子《まご》やらで、先ほどまでの道中の静けさが嘘《うそ》のようにごった返していた。建ち並ぶ旅籠や料理屋からは味付けの濃そうな朝餉のにおいが漂っており、宗太郎はたまらず腹の虫を鳴らしてしまった。

そうした宿内をしばらく進むと、さわやかな水音を立てる清流に、弧のゆるい太鼓橋が架かっているのが見えてくる。長さ九間、幅三間、石神井《しやくじい》川に架かる板橋だ。

この橋の由緒は古く、おそらくは平安末期には『板橋』の名で呼ばれていたと言われている。板でできた橋だから、板橋。そして、それがそのまま界隈の地名になった。

「石神井川を越えたということは、これより上宿か。このあたりも、人であふれかえっているのだな」

「ワン」

「川澄どのが暮らすのは上宿であったと思ったが、どのあたりなのであろうか？　案内を頼むぞ、まる」

「ワン」

ついて来いと言わんばかりに、まるが胸を張って宗太郎の前を歩き続ける。

ところが、上宿に入ってほどなくすると、突然、まるが耳を立てて唸《うな》り出した。

「まる、いかがした？」

「ウウウウ……！」

「気になることがあるのか？」

「ウウウウ……、ワンワン！」

「あ！　おい、まる！」

おとなしい性分のまるが、鋭い牙をむきながら一目散に上宿のはずれへ向かって走り出した。

ただごとではない、と宗太郎は思った。

「まさか、川澄どのの身に何かあったのでは」

ここに来て、ふっとよくない想像が頭の片隅を駆けめぐった。

敵の岡坂又市の剣術の腕前は、いかほどのものなのであろう？

藩内でも知られた剣豪、の隣の屋敷に住んでいた男。
こやつが、おとなしく果たし状に応じるとは限らない。三日後まで待ってくれるとも限らないのではないか……？

「川澄どの！」

宗太郎はまるを追い、地面を蹴った。

太鼓橋を越えてからの街道は心持ち上り坂になっていて、少し行くと、左手から往来を覆うように枝葉を伸ばしている二本の巨木が目に飛びこんできた。

抱屋敷《かかえやしき》の鄙《ひな》びた垣根の外に植わる、太さは五抱え、高さも五丈はあろうかという立派な榎と槻《けやき》だ。

この榎の方が、江戸市中でも知られた『縁切り榎』である。寛保《かんぽう》から寛延《かんえん》年間にかけてのころ、京から榎の前を通って下向された宮さま方が立て続けに逝去されたため、誰が言い出したのか『縁切り榎《せん》』のふたつ名が付いた。

さらには、この木の皮を煎じて飲ませると男女のしがらみや酒、博打《ばくち》、病などといったよからぬ縁を断ち切ることができると評判になり、わざわざそのためだけに板橋宿までやって来る者もいるちょっとした名所となっていた。

巨木の下には出茶屋があり、旅装を身にまとった商人たちが笑いながら団子を食しているほか、木陰では馬子が馬に草鞋《わらじ》を履かせているのがうかがえた。

一幅の錦絵にもなるのどかな光景だが、今はそれどころではない。

佐内からの文では、敵との果たし合いは、この縁切り榎裏田畑で行われることになっていたはずだ。

「ワンワンワン！」

まるは迷うことなく、巨木の手前のあぜ道へと入っていった。

宗太郎もそれに続き、抱屋敷の垣根を右手に見ながら、草いきれのする田畑の奥深くへと分け入って行った。

やがて、緑のどこかで田園風景に似つかわしくない金属音が響いた。

カキーン。

「剣戟《けんげき》音か！」

宗太郎はまるを見失わないように慎重に駆けつつ、大刀の栗形《くりかた》から下げ緒を引き抜いてたすきに掛けた。

「川澄どの、今参りますぞ！」

田畑を抜けると、そこはうっそうとした竹林になっていた。日差しを遮るように伸びる笹の葉がさらさらと冷涼な音を立てるのに紛れて、またしても剣戟音が聞こえる。

目をこらせば、佐内が出目金を彷彿させるぎょろ目を剝いて、白刃を手にする三人の男と対峙しているところだった。

「川澄どの、ご無事ですか！」

まるを追って宗太郎が竹林に躍り出ると、佐内がすぐに声をあげた。

「おお、近山どのか！」

宗太郎は編み笠を投げ捨てた。

泡雪《あわゆき》の毛皮に覆われた顔があらわになった途端、佐内を取り囲んでいた三人の男たちのうち、ふたりが頓狂な声をあげる。

「うわぁ、化け猫が来やがったぁ⁉」

「なんだってぇ⁉　化け猫相手とは聞いてねぇぞ！」

「それがしは化け猫ではない！」

宗太郎は松葉に似たひげを目いっぱい広げて、叫んだ。

「しかもでけぇ！」

「逃げろ、食われるぞ！」

「食うものか！　それがしは人である！」

宗太郎が大口を開けて怒鳴り返せば返すほど、男たちは恐怖で足をすくませていくようだった。丑三《うしみ》つの闇夜の下ならいざ知らず、朝日がかんかんと照りつける中で、こうも堂々と妖怪の類が出るはずもないだろうに、なんとも臆病な者どもだ。

男たちは、襞《ひだ》の消えたよれよれの袴を穿《は》いていた。手にする白刃が曇って見えるのは、やつらの心根が曇っているからなのか、単に手入れが行き届いていないだけなのか、そのどちらでもあるように宗太郎には思えた。

武士とは名ばかりの、なまくら武士どもめ。

ふん、と宗太郎が足を踏ん張って仁王立ちになったとき、

「ワンワンワン！」

と、ちょうどまるが吠えた。それを化け猫の咆哮《ほうこう》とでも勘違いしたのか、いよいよふたりが先を争って竹林の奥へと消えて行く。

「むっ、待て！」

宗太郎は追いかけようとしたが、大刀を八双に構えている佐内が存外落ち着いた声で止めた。

「近山どの、あやつらは捨ておかれい」

「しかし！」

「所詮は金で雇われた助っ人《すけと》であろう。倅の敵である岡坂又市は、今拙者の前に立つ、この男である」

「むむっ」

宗太郎は、ひとりだけ逃げなかった男を見やった。

背の高い、瘦せぎすの男が大刀を正眼に構えていた。

この者の白刃は、先ほどの男たちの物とは打って変わって、不気味にきらめいて見えた。よほど入念に手入れをしているのだろう。物打ちから切っ先にかけて、刀身が不自然に細くなっているのは、何度も研ぎに出しているからだろうか。

それはつまり、研ぎに出さなければならないほどの刃こぼれを負う剣戟を繰り返していることを意味する。

こやつの白刃は、一体、どれほどの血をすすっているのか……。

宗太郎は、ぶるりと武者震いをした。

「又市」

と、佐内が自分よりふた回りは年下と思われる男へ静かに呼びかける。それは憎むべき敵に語りかけるというより、懐かしい同郷人を労《いたわ》るような声音だった。

佐内の長男は酒の席でのいさかいで同僚に殺されたという話だから、又市はひょっとしたら長男と同世代なのかもしれない。

「約束の日はあさってではなかったか？　助っ人を雇い、奇襲をかけるような真似は、臆病者のすることぞ」

「臆病者で結構。敵として追われる身に、昨日はあっても明日やあさってはありません。いつ果てるともわからぬ命なれば、今日を必死に生き抜くばかり。そうして生き残れた命にのみ、明日はやって来るのです」

佐内を見つめる又市の目は、宗太郎の気負いに反して、笹の葉の音にも怯《おび》えるかのようにあっちふらふら、こっちふらふらとしていた。構えや白刃こそ一端だが、気合も胆力も感じられなかった。

「確実に生き抜くには、先手を取らなければなりません。後手に回れば、命取りになります。オレは死にたくない」

「それは敵を追う身も同じこと。互いに、十年は長かったな」

「川澄の親父《おやじ》どの、彦佐《ひこざ》を殺《あや》めたことは申し訳ないと思っています。しかし、最初に刀を抜いたのは彦佐です」

「血の気の多い倅であったことは認めよう」

「やらなければ、こちらがやられていました！」

又市は唾を飛ばして、嚙みつくように言い募っていた。その目、その声、その仕草、まるで手負いの小動物を追い詰めているようで、こちらが悪いことをしている気分になってくる。

「又市」

と、佐内がまた静かに呼びかける。

「喧嘩《けんか》両成敗《りょうせいばい》の理《ことわり》によって、いさかいはどちらか一方に非があるということはない。どちらにも非はある」

「そうです、オレだけが悪いんじゃない。彦佐はずるいんですよ。勝手に暴れて、勝手に斬られたくせに、残されたオレだけがお天道《てんとう》さまの下を大手を振って歩くことも許されないなんて……、オレは蝙蝠《こうもり》じゃない！　どうして、オレだけがこんな目に遭わなければならないのか！」

「そこもとだけではなかろう」

又市があまりにも手前勝手な言い分をぶつけてくるものだから、宗太郎はつい聞き捨てならずに余計な口を挟んでしまった。

「川澄どのも、この十年、薪《たきぎ》の上に臥《ふ》してきたのであるぞ」

「化け猫に何がわかる！」

「それがしは化け猫ではない！」

宗太郎が一歩前に踏み出ると、

「近山どの」

と、佐内はひと言だけ言って首を振った。

その落ち着き払った仕草は雛《ひな》を抱く親鳥のように頼もしく、宗太郎は後先考えずにただ駆けこんでしまった浅慮を恥ずかしく思った。

今、宗太郎が佐内から求められているのは、助太刀に猫の手を貸すことではなく、あくまで見届け人として猫の手を貸すことなのだ。

そうした思いを改めて汲《く》み取り、宗太郎はこの場はおとなしく後ろに退《さ》がった。ウウウウ……、と又市に向かって唸り声をあげているまるもまた、何かを察したようにあとじさりした。

「又市、お前も拙者も十分に苦しんだ。もう終わりにしようではないか」

「そのつもりです」

そう言うと、又市は大刀の柄《つか》を握り直した。

「拙者は、お前とやり合うつもりはない」

「なんですって?」

「この十年、失うものばかりではあったが、得たものがないわけでもない。それは、お前も同じだろう。ここでどちらかに何かがあれば、再び遺恨を生むことになる」

「おっしゃっている意味がわかりませんね。果たし状を叩きつけてきたのは、川澄の親父どのではありませんか」

「拙者はお前が逃げてしまえば、もう追うつもりはなかった」

「逃げ隠れする日々はもういやだ!　蝙蝠でいるのはもういやなんだ!」

「では、恨みの縁を断ち切ろうではないか」

佐内が、これが手打ちとばかりに鍔鳴《つばな》りを立てて大刀を鞘に納める。

「ここ板橋宿には、縁切り榎の信仰がある。榎のもと、敵討ちという悪縁を断ち切ろうではないか」

佐内が振り仰いだ笹の葉の先には、街道沿いの榎の頂が見えていた。

又市も首だけで振り返って、榎を見やる。

「縁切り榎……ですか」

「東北を国とする拙者たちが、縁もゆかりもない板橋宿で会ったのも何かの縁だろう。その新たな縁に免じて、古き縁を断ち切ろうと思う。今さら本懐を遂げたところで、もう藩に戻る気もないのでな」

もともと、佐内が敵討ちをしなければならなかったのは、家督相続の問題があったからだ。その家督を継ぐべき次男は武士であることを捨て、今や大刀を包丁に持ち代えて職人として生きている。

佐内は、次男の生きざまを受け入れたのだろう。

「フッ。老いましたな、川澄の親父どの」

「何?」

榎を見やっていた又市が、ゆっくりと顔を正面に戻した。

「川澄の親父どのは敵を追う荷が解けて、心安らかに老いぼれていけるでしょう。ですが、オレは違う。親父どのが生きている限り、心安らかな日々はやって来ない」

「殿からいただいた敵討ちの御免状は、榎の葉で燃やそう」

「うそだ！　いやだ、オレは死にたくない！」

支離滅裂にわめいて、又市が佐内へ向かって駆け出した。

又市の手には大刀があるが、佐内はすでに鞘に納めている。

「川澄どの！」

宗太郎は鯉口《こいぐち》を切って走った。

居合を得意とする宗太郎ならいざ知らず、すでに戦意も殺気も消している佐内が納刀からの抜刀で反撃できるとは思えなかった。

が、そんな宗太郎を脇から追い越して走る影があった。

「ワン！」

大きく前脚を伸ばし、後ろ脚で力強く地面を蹴る犬が一匹。

まるだ。まるが一陣の風となって、又市へと向かって行っていた。そうして、主人の敵の左腕に食らいつく。

「ぐっ、何をするか！　犬畜生が！」

又市は両手で握っていた大刀を右手だけに持ち代えて、大きく振りかぶった。

しかし、それをすぐに振り下ろせないのは、まるが左腕に食らいついたまま腰を振って暴れているからだ。下手にまるを斬りつけようとすれば、自分の腕はおろか、腿《もも》や脛まで斬りかねない。

「犬までオレをバカにしやがって！」

又市が大刀を捨てて、脇差を引き抜いた。間合いがほとんどない接近戦では、刀身の短い脇差の方が狙いを定めやすいからだろう。

「まる、離れろ！」

宗太郎は走りながら、声を笛のようにして叫んだ。又市とまるが格闘しているところまでは数間の距離しかないはずなのに、それが何町にも感じられた。

力の限り足を送ったが、間に合わない。

宗太郎のすぐ目の前で、黄色く濁った白目を充血させる又市が、まるの首根っこ目がけて脇差を突き立てていた。

「まる！」

叫んだ。

……のは、宗太郎ではない。佐内だった。

同時に、宗太郎の泡雪の毛皮に妙な温かみのある何かが飛んできた。

立ち止まって、あずき色の肉球のある手で頬を触ってみると、べとりとした赤いものが付いていた。

「これは……」

鉄臭《かなくさ》い。

妙な温かみがあって、赤いもの。

これが血しぶきだと理解するのに、一拍二拍かかった。信じたくなかった。

「そこもと、よくもまるを……！」

宗太郎は血のついた手で柄を握り直して、又市をにらんだ。

しかし、すぐに目を見張ることになる。そこに倒れていたのはまるではなく、思いがけず、又市が両膝をついて崩れ落ちていたからだ。

足もとには脇差が転がっており、だらりと下げた両腕からは血が雨のように滴り落ちていた。左腕は、まるの牙が刺さったことによる出血だろう。

では、右腕は？

脇差を突き立てられたと思われたまるはぴんしゃんとしており、うめき声をあげる又市のそばで勝どきをあげるように遠吠えをしていた。

「むむっ、一体、何が起きた……？」

呆然《ぼうぜん》とする宗太郎の目の端に、佐内の羊羹色の袴が見えた。ゆっくりと目を向けると、佐内は右手に大刀をつかんでおり、物打ちには血糊《ちのり》が付いていた。

「川澄どの……、その血は……っ」

又市がまるに脇差を突き立てるすんでのところで、佐内が敵の右腕を斬りつけていたのだった。

と言っても、前腕を斬り落とすほどの一かせではない。血の流れ具合からして、肘に近い部分を叩いたのだろう。

「又市」

と、佐内が静かに呼びかける。それは相変わらず、懐かしい同郷人を労るような声音だった。

「安心するといい、傷は浅い。すぐに宿場で手当てをさせよう」

「なぜ、討ち取らない……？　武士の情けですか？」

「言っただろう。拙者は恨みの縁を断ち切りたいのであって、命を断ちたいわけではない。倅の分まで、お前には生きてもらいたいのだ」

「生温《なまぬる》いことを……。オレを生かしておけば、いつかまた、親父どのに奇襲をかけるかもしれないとは思わないのですか？」

「これで縁切りだ。悪いが、お前の腕の腱《けん》は断ち切らせてもらった」

「く……っ」

傷は浅くとも、腱を切られては二度と刀剣を握ることはできないだろう。まるに食いつかれた左腕も、宗太郎の目にはそれなりの深手に見えた。

佐内が懐紙で物打ちの血を拭ってから、納刀した。

その姿は、宗太郎が幼少のころ、飽きずにいつまでも眺めていた読本の中の武者絵のように雄々しかった。

「近山どの」

「……はっ」

ぼんやりと見惚《みと》れていた宗太郎は、慌てて衿《えり》もとを正した。

「川澄どの、お久しぶりです」

「このような再会となるとは思ってもみませんでしたな。わざわざ長谷川町から来ていただいたこと、事の顚末《てんまつ》を見届けていただいたことに感謝いたす」

「いえ……、間に合ってよかったです」

「なぁに、近山どのが着くまで何日でも逃げ回っているつもりでした」

佐内が股立《ももだ》ちを取って、おどけて見せた。

宗太郎は、ようやく強張《こわば》った頰を緩めることができた。

「ワン」

「おお、まる。ご苦労だったな。近山どのを、よく案内してくれた」

「ワン」

「加えて、いい助けをしてくれた。お前が又市に食いついてくれたおかげで、右腕の腱だけを狙うことができたぞ。ともに精進してきた甲斐があったな」

「ワン」

「はて。ともに精進してきた、とは？」

宗太郎は首を傾《かし》げた。うずくまったままの又市も、その意味を推し量るように佐内とまるを見上げていた。

そんなふたりをぎょろ目で交互に見やって、佐内はいたずらをやりおおせた子どものように胸を張る。

「拙者はなまくら武士ゆえ、又市を討ち取るつもりなど毛頭なかったのですよ」

「なんですと」

「ただし、もうむやみには剣を振るえないよう、又市の腕の腱のみ狙うつもりでまると精進してきました。どうすれば、無駄な血を流すことなく間合いを詰められるか、まるとならきっとできると信じていました」

よくやったぞ、と親が子を褒めるように話しかけて、佐内がまるの頭を撫でる。

まるは、ちぎれんばかりにしっぽを振っていた。猫と違って、犬がしっぽを振るのはうれしいときだ。

これでは猫の手ならぬ、『犬の手、貸します』になる。

「ハ……ハハ……、やっぱり川澄の親父どのですね。彦佐もよく、オレたち同僚につまらないいたずらを仕掛けてきましたよ。それをやりおおせたときのあいつの得意顔がまた腹立たしくて、よし、今度は彦佐を驚かせてやろうって、みんなで顔突き合わせて、飲んで騒いで……」

又市のこけた頬に、涙がひとしずくこぼれた。

「楽しがったな、あんごろは……。なして、ごんなごつになっちまっただか……」

故郷の言葉なのだろうか、又市のぼそぼそとしたつぶやきは宗太郎の耳にはうまく聞き取れなかった。

佐内が無言で、又市の肩を叩く。

むせ返るような草いきれと、血のにおい。漢《おとこ》の汗。

宗太郎は鼻の奥がつんと痛いような気がして、顔を上向けて夏空を見つめた。

笹の葉から笹の葉へ、赤蜻蛉が飛んでいた。

晩夏

一

昼八つ（午後二時ごろ）を過ぎたころ、一陣の西風が吹き、松葉に似たひげがふっと重くなった気がした。

「夕立が来るか」

近山宗太郎《ちかやまそうたろう》は被《かぶ》っていた編《あ》み笠《がさ》を指先でつまみ上げて、薄墨を流したような曇天を見上げた。先ほどまでの青空とは打って変わって、流れの早い雲が広がっていた。

暑さが破裂すると、夕立になる。今日は朝から風が死んだみたいな一日だったので、いつ空が泣き出しても、なんらおかしなことはなかった。

「猫先生、傘をお持ちになってください」

刀剣屋いわつき屋の店前で、人のよさそうな馬が蛇《じゃ》の目《め》傘を差し出してくれた。

もとい、馬ではなく馬面だ。いわつき屋平次郎《へいじろう》は長い顔に鷲鼻《わしばな》という、一度見たらちょっとやそっとでは忘れられない風貌の主人だった。

「それがしは猫先生ではなく、猫の手屋宗太郎なのですが」

「ここのところ、空に泣き癖がついたみたいに夕立が続いていますから、用心に越したことはございません」

「お気遣い痛み入ります。なれど、日除《ひよ》けの編み笠もありますし、ここから長谷川町まではすぐですので」

「そうおっしゃらずに、泡雪《あわゆき》の毛皮が濡《ぬ》れてしまってはいけませんでしょう」

分別盛りの平次郎は右手で蛇の目傘を持ち、左手を胸の前にすっと立てて拝む仕草をしていた。

それがしを拝んだところでご利益もへったくれもないのですが。

宗太郎は心の中だけで突っこんで、ありがたく蛇の目傘を受け取ることにした。

今日は昼前に一件と、昼過ぎに一件、鼠《ねずみ》退治の仕事が入っていた。いずれも、日本橋久松町《ひさまつちょう》の刀剣屋からの依頼だった。

日本橋長谷川町の二町ほど東にある久松町は、浜町河岸《はまちょうがし》沿いの武家地に肩を食いこませるように陣取る小さな町人地だ。往来に武士の姿が目立つ立地からなのか、町内には御刀脇差拵所の看板を掲げる刀剣店の老舗《しにせ》が多い。

ひと口に刀剣と言ってもピンからキリまであるが、久松町で扱われているのは主に安価な新刀《しんとう》や脇差、三一《さんぴん》ざむらいが腰に差す木刀の類である。

話せば長い大人の事情があって、今はつましい浪人になりすましている宗太郎だが、その正体は大身旗本《たいしんはたもと》の惣領《そうりよう》であり、また剣術道場では師範代を務めるほどの腕前を持つ一端《いっぱし》の剣客でもあるため、腰の大小だけは身なりにかかわらずこだわりの逸品を差している。

本来ならば、久松町あたりの刀剣屋の暖簾《のれん》をくぐることはまずないのだろうが、よろず請け負い稼業の『猫の手屋宗太郎』の名は、やれ猫先生だ、やれ猫神だの尾鰭《おひれ》に背鰭が付いて、近隣の町内にまで広く知れ渡っているらしいのだ。

要するに、猫好きの刀剣屋が猫の手屋を贔屓《ひいき》にしてくれているのである。

「猫先生、今日はどうもおありがとうございました。またお世話になります」

「猫先生ではありませんが、何かありましたら、いつでも声をかけてください」

平次郎をはじめ、いわつき屋の番頭や手代がそろって両手を合わせて見送ってくれるのを尻目に、宗太郎は浜町河岸へ向かって歩き出した。

ひげが重い。これはいかん、いよいよ雨が降りそうである。

宗太郎は編み笠を脱いで、松葉に似たひげや三つ鱗《みつうろこ》の形をした耳を、しきりに手でこすった。

猫が顔を洗うと雨、という言い伝えがある。

正しくは、猫が顔を洗うから雨が降るのではなく、雨が降りそうなので猫は顔を洗うのだということを、宗太郎は奇妙奇天烈《きてれつ》な白猫姿になるまで知らなかった。

湿気がひげを重くして、むずがゆくてならないのだ。気づくと、あずき色の肉球のある毛深い手を顔に運んでしまう。

「それがしは猫ではない。しかし、限りなく猫に近いところにいるということになるのであろう」

人か、猫か、化け猫か、その線引きについては言っても詮ない。

今さら業《ごう》の深い我が身を嘆いても何も始まらないので、宗太郎は編み笠を被り直して、

「さて、急ごう」

足早に栄橋《さかえばし》を目指した。

久松町と長谷川町の東隣にあたる富沢町《とみざわちょう》を結ぶ栄橋は、古い橋だ。下を流れるのは、川幅十二間の浜町堀である。

浜町堀とは大川から北へおよそ十町にわたって続く堀割のことで、日本橋馬喰町《ばくろちょう》の先で鉤《かぎ》の字に西に折れれば、千代田城の御堀まで抜ける神田堀に入ることができた。

行き来する高瀬舟《たかせぶね》や茶船《ちゃぶね》の多くは、太物問屋が多く集まる一大問屋街の日本橋大伝馬町へ届ける荷を積んでいる。大切な荷を濡らさないように、どの艀舟《はしけぶね》の船頭も忙《せわ》しなく棹《さお》を動かしているようだった。

そんな光景を前方にながめやりながら、宗太郎が栄橋に差しかかったとき、空のどこかがにわかにうるさく騒ぎ出した。

「もう鳴神《なるかみ》が来たか？」

曇天を振り仰げば、浜町堀のやや下流の空で、何羽ものカラスが大きく旋回しているのが見えた。

カァカァ、ではなく、ギャアギャア。

気が立っているのか、カラスたちはずいぶんとやかましい声で鳴き競っていた。

「ふむ。カラスたちも、夕立前で落ち着かないのであろう」

猫が湿気をいち早く感じ取るように、おそらく犬も鳥も、あらゆる動物たちが空模様の変化に聡《さと》いと思われる。とくに鳥は犬猫や人よりも空に近いところにいるのだから、ことさら全身で風の湿り具合がわかるのだろう。

ギャアギャア。

そう解釈した宗太郎は、あまり深く気に留めることなく長谷川町へ急ぐことにした。

ギャアギャア。

栄橋を渡りきると、すぐ目の前に富沢町の町木戸と番小屋がある。

昼なので町木戸は開いており、門柱のてっぺん近くではみんみん蟬《ぜみ》が翅《はね》を震わせて鳴いていた。

ギャアギャア。

いや、違う、ミーンミンミンだ。

頭上近くでみんみん蟬が鳴いているというのに、宗太郎の耳にはカラスたちのやかましい鳴き声しか聞こえていなかった。深く気に留めることなく、どころか、思いのほか気になって仕方がなかった。

それというのも、『ギャアギャア』の合間に、かすかに『ミー』という別の何かの弱々しい鳴き声がまじっているように聞こえたからだ。

この奇妙奇天烈な白猫姿は、すこぶる耳の聞こえが達者であった。

「まさか……」

つぶやきもそこそこに、宗太郎は踵《きびす》を返して栄橋に舞い戻った。

欄干に毛深い両手をついて南側一帯をうかがってみると、ひとつ下流に架かる高砂橋《たかさごばし》の手前あたり、宗太郎から見て右岸の浜町河岸でカラスたちは騒いでいるようだった。

大きな松の木のそばで、何羽ものカラスが空から河岸目がけて急降下と急上昇を繰り返していた。

あれは、獲物を狙っているときの飛び方だ。

あそこに、何があるのか。

それとも、何が……いるのか。

「……まさかであってくれよ」

宗太郎は富沢町に面した浜町河岸の下流へ向けて、一目散に駆け出した。

このあたりは河岸の名で呼ばれてはいるが、さらに下流の武家地にいくつかの荷揚場と土蔵があるくらいで、蔵地というわけではない。辛うじて河岸らしさがあるとすれば、周辺の大店《おおだな》が積み荷の揚げ下ろしのために作った、ちょっとした雁木《がんぎ》が堀割の両側にまばらに点在しているくらいだった。

宗太郎はこのあたりかと目串を付けると、膝丈まで生い茂った夏草を蹴散らかして、草いきれのする土手下まで下りていった。

今は使われていないのか、そこは朽ちかけた雁木になっていて、元々はもっと深く土の下に埋まっていたのだろう古い丸太がごろごろとむき出しになっている場所だった。

その丸太にもたれかかって、錆《さ》び色の小汚い仔猫《こねこ》がうずくまっていた。

「ミー」

仔猫は立つこともままならないほど弱っているようだった。それでいて、カラスたちを懸命に威嚇《いかく》しているようでもあった。

「ミー」

けれど、威嚇と言うには、その声はあまりにもか細い。身体《からだ》も小さく、先ほどいわつき屋で退治してきた七郎鼠《しちろうねずみ》の方がよっぽど大きく思えた。

「こら！　弱い者いじめをしてはいかんぞ！」

宗太郎はいわつき屋で借りた傘を振り上げて、空飛ぶカラスを追い払おうとした。

その拍子に顎紐《あごひも》がゆるみ、突如として駆け抜けた冷たい西風によって、編み笠が空高くへ吹き飛ばされてしまった。

くるくると舞い上がる影に驚いたカラスたちが、慌てふためく。夏草の茂みにも何羽か隠れていたらしく、濡れ濡れとした羽根をまき散らして空へ逃げ行く姿があった。

ギャアギャア。

カラスたちの鳴き声が、ひと際大きくなった。

『なんてでけぇ化け猫でい、カァカァ』

『でけぇ化け猫に食われるぞ、カァカァ』

『でけぇ化け猫に祟《たた》られるぞ、カァカァ』

宗太郎はカラスの言葉を知らないが、なんとなく、揶揄《やゆ》された会話がなされている気がして、

「それがしは化け猫ではないわ!」

と、とりあえず大声で言い返しておいた。

その怒声にかぶさるようにして、薄墨を流したような曇天から鳴神の小太鼓がとどろき出す。

たちまち大粒の雨が落ち、カラスたちの姿はもとより、対岸に建ち並ぶ武家地の海鼠《なまこ》壁《かべ》すらすぐに見えなくなってしまった。

「いかん、いかん、降り出したぞ」

宗太郎は蛇の目傘を広げてしゃがみこみ、丸太にもたれる仔猫にさしてやった。

「もう心配はいらんぞ、大丈夫か？　そこもと、親兄弟はどうした？」

「ミー」

「捨てられたのか？　それとも、野良猫か？」

「ミー」

「そうか……、まったくわからんな」

「ミー」

うーむ、と宗太郎はうなる。限りなく猫に近くとも、それがしは猫ではない。その証拠が、これだ。いざというときに猫と会話ができないのだから、不便なものである。

「どこか、痛むのか？」

宗太郎は爪を出さないように気をつけて、あずき色の肉球のある手で仔猫の頭をさすってみた。

「ミー」

仔猫が目をつぶって、頭を押しつけてくる。その力が思いがけず強くて、宗太郎は少しだけホッとした。

「はてさて、いかがしたものか」

宗太郎は目を皿にして付近を見回したけれど、親猫の姿は見当たらなかった。もっとも、この雨ではどこかに隠れているのかもしれないが、それにしたって、我が子を放っておくとは薄情極まりない。

しばらく、その場で宗太郎は雨に打たれていたが、仔猫が震えていることに気づいたので懐に入れて、長谷川町へと歩き出した。

軽い。けれど、温かい。

命というものは目には見えないものだが、こうした温《ぬく》もりによって確かにここにひとつの命が息づいているということが、ひしひしと伝わってくる。

夕立は、待てば直《じき》にあがる。富沢町に入ると、多くの人が空を見上げて表店《おもてだな》の庇下《ひさしした》で雨宿りをしていたが、宗太郎は三日月長屋まで足を止めることはなかった。

「あら、いやだよ。猫太郎さん、泡雪の毛皮がびしょびしょじゃないか」

三光新道《さんこうじんみち》まで戻ってきた宗太郎にまず声をかけてきたのは、なん八屋《ぱち》つるかめの小上がりで乳飲《ちの》み子《ご》をあやしている婀娜《あだ》な美人だった。宗太郎の向かいの九尺二間に暮らす、常磐津《ときわず》の師匠の文字虎《もじとら》である。

「これは、文字虎どの」

「何やってんのさ。この車軸《しゃじく》の雨じゃ、いくら傘をすぼめたって濡れ鼠になっちまう。猫が鼠になってどうするんだい？」

「それがしは猫太郎でも、猫でもなく」

「いいから、早くお入りよ。ここに今いる客は、みんな雨宿りのために飛びこんだ人たちばっかりだから」

文字虎の色っぽい手に肘《ひじ》を引っ張られて、宗太郎は雨に濡れて重くなっている縄暖簾をはね上げた。

このなん八屋つるかめは、昼のうちは客が入ってきやすいように油障子を立てていないため、中からは三光新道がよく見渡せた。さすがにこれだけの車軸の雨ともなると、外を歩いている姿はまったく見当たらない。

「文字虎どのも雨宿りですか？」

「あたしは……、そうさ、雨宿りに決まってるじゃないのさ」

いつも歯切れのいい文字虎が、珍しく言葉尻を濁していた。

同じ三日月長屋の屋根の下にいて、わざわざ表店で雨宿りをするのには何か理由があるように思えたが、しつこく訊《き》くより前に、飯台《はんだい》の奥からお軽《かる》がやって来て笑う。

「よく言うよ。文字虎は雷が怖いのさ、それで小虎《ことら》ちゃんと一緒にウチに逃げこんで来たってわけ」

「ほほう、文字虎どのは鳴神が苦手なのですか」

「苦手なもんかい！ やめとくれよ、うずらかめの女将《おかみ》は口から出まかせばっかり言っていけないね。ここへは小虎が……、そうさ、小虎が怖がるから……」

とかなんとか言いかけたとき、地響きを伴う雷が長谷川町の空を走り、

「キャー！」

と叫んだが早いか、文字虎は小虎を胸に抱きしめて、お軽のでっぷりと肥えた背中に隠れていた。小虎は雷よりも、母親の悲鳴によっぽど驚いているようだった。

「アハハ、鼻っ柱の強い文字虎でもかわいいところがあるんだねぇ」

お軽が大きな声でからかうと、醬油樽《しょうゆだる》に腰かける雨宿り客たちが一斉に笑った。

お軽と文字虎は顔を合わせれば喧嘩《けんか》ばかりしている、いわゆる、犬猿の仲だ。ふたりとも年のころなら三十路《みそじ》をちょいと越えたあたりのはずだが、まったく化粧っ気のないお軽に比べると、いつ会っても白粉《おしろい》の香りがする文字虎の方がずいぶんと若々しく見える。夫者《それしゃ》あがりで芸を磨くことによって女を磨いてきた文字虎と、働き者であることこそが女っぷりのよさだと信じて疑わないお軽とでは、何かにつけて反りが合わないのもいたしかたのないことなのだろう。

そんなふたりのやり取りを毎度のこととして見守っていた宗太郎だったが、懐の温もりに気づいてハッとなった。

「お軽どの、文字虎どの。実は、それがしが雨の中を走っていましたのには訳がありまして、浜町河岸で虫の息の仔猫を拾いました」

「なんてこと、虫の息だって？　それを早くお言いなさいよ」

さっと顔色を変えたお軽にせっつかれて、宗太郎は懐から錆び色の小汚い仔猫を取り出した。

「あらまぁ、まだちっちゃいこと」

「あたりに母猫の姿は見当たらず、カラスに襲われていました」

「おいてけぼりかい？　ときどきいるんだよね、猫でも人でも子育てをしない母親っていうのがさ。育てる気がないなら、産まなきゃいいんだ」

と、横から顔を割りこませてきた文字虎は吐き捨てるように言って、小虎を胸に抱く手に一層力をこめたようだった。

少々込み入った事情があって、文字虎は女手ひとつで小虎を育てている。父親がどこの誰なのかをぺらぺらと触れ回るようなおしゃべり女ではないので、詳しいことは長屋の誰も知らない。

と、宗太郎は長らく思っていたのだが、先ごろ、とある騒動をきっかけに文字虎の身の上話を聞くことになったとき、ひょっとしたら大家の惣右衛門《そうえもん》もお軽も、あるいは店子《たなこ》の誰もが、その事情とやらを知っているのではないかと考えるようになった。

人はみな、大なり小なり他人に触れてはほしくない大人の事情を抱えて生きている。宗太郎もそうだ、奇妙奇天烈な白猫姿に身をやつしている仕儀については語りたくない。そして、そんな心のうちを知ってか知らずか、三日月長屋の面々や町の人々がすったもんだについて根掘り葉掘り訊いてくることはなかった。

知らないふりをして受け入れ、世話を焼くのが、裏店《うらだな》に暮らす江戸っ子の心意気なのだろう。

「それにしても、この子、ずいぶん痩せっぽっちだね。骨と皮だよ」

お軽が宗太郎から仔猫を抱き取って、慣れた手つきで全身をまさぐり出した。長谷川町の住人は犬猫好きが多いので、仔猫の扱いも慣れたものだ。

「耳が少し切れてるね。お尻のあたりもしつこくカラスに突っつかれちゃいるようだけど、大きな怪我《けが》はしてないみたいだね」

「それはよかった」

「兄弟猫は、そばにいなかったかい？」

「ざっとさがしてみましたが、こやつ一匹だけで鳴いていました」

「そうかい……。かわいそうだけど、兄弟猫はカラスにやられちまったんだろうね。弱って動けない仔猫は、カラスの格好の餌食だから。あいつらも生きるためなんだろうけど、まったくカラスってヤツは情け容赦がないよ」

そういうことだったのか、と宗太郎はお軽の話を聞いて合点がいった反面、口をへの字に引き結びたくもなった。

カラスたちは、いたずらに仔猫を襲っていたわけではなかったのだ。生き物の厳しい掟《おきて》を目の当《ま》たりにして、言葉が出なかった。

「うずらかめの女将、この子、お腹空かしてるんじゃないかい？　最近、長谷川町で仔猫を産んだ猫はいたっけね？」

「さぁて、どうだったろうね。木戸番小屋近くの太郎次郎長屋で生まれたのは仔犬だったっけね？」

「犬でも、猫にお乳をわけてくれるって話は聞いたことがあるよ」

「そうだね、この子の食があんまり細いようなら頼んでみるよ。今日のところは、ひとまず重湯で我慢してもらうとして、文字虎のとこに水飴《みずあめ》の余分はあるかい？」

「あぁ、たっぷりあるよ。ちょうど今朝がた作ったばかりだからね」

そう言うと、文字虎は宗太郎に向き直る。

「猫太郎さん、水飴を取ってくるから、小虎をちょいと頼んだよ」

「なんと、それがしがですか？」

「どぶ板の向こうまでとはいえ、この雨だよ。傘を差しても小虎が濡れちまう」

「いやいや、こういうことはお軽どのの方が……」

と、宗太郎はおよび腰になって助けを求めたが、仔猫を懐に入れこんだお軽はすでに台所へと向かっていた。

「いやだよ、猫太郎さん、赤ん坊が怖いのかい？」

「決して怖いわけでは、その、慣れていないだけで」

「肝の小さいこと言ってるんじゃないよ。いつ猫の手屋に子守の依頼があってもいいように、赤ん坊の抱き方ぐらい覚えておきな」

文字虎の言い草は乱暴だったが、大切な我が子をいっときでも預けようと言うのだから、それは信頼の証《あかし》とも受け取れた。

何より、今の文字虎は雷に怯《おび》える素振りもなく、お軽ともども母親の強さが際立っていて、宗太郎はふたりのてきぱきとした行動に従わざるを得ない気がした。

「で、では、小虎坊をこちらへ」

宗太郎は濡れている単衣《ひとえ》を手拭いでしっかり拭いてから、おっかなびっくり小虎を受け取った。仔猫とはくらべものにならない重さに、内心、冷や汗をかいた。

母親が、毎日、これほどに重い赤ん坊を抱いているとは知らなかった。

温かい。それは猫と同じだった。しっかりとした鼓動、これも猫と同じだ。いや、猫が人と同じなのだろう。

小虎は母親と離れているというのに、宗太郎の松葉に似たひげに手を伸ばして、ご機嫌顔で笑っていた。赤ん坊と、おのれと、ふたつの鼓動が重なる感覚は、どうにも言葉にしがたいくすぐったさに満ちあふれたものだった。

「あら、いいね、小虎ちゃん。猫太郎おじさんに抱っこしてもらってるのかい」

へっついの前で火吹き竹を手にするお軽が、からかってきた。

「お軽どの。それがしは猫太郎でも、おじさんでもなく」

「でも、お兄さんじゃないだろう？　今日から猫太郎さんは、この仔猫のお父《と》っつぁんになるんだから」

「お父っつぁんではありませんぞ」

「男やもめの子育ては大変だろうけど、あたしたちがいるから安心してくれていいよ」

「男やもめでもありませんぞ」

話がややこしくなってきたので、宗太郎は努めて冷静に話題を変えることにした。

「ところで、仔猫というのは重湯や水飴が好物なのですか？」

「おや、知らないのかい？　重湯も水飴も、お乳代わりに赤ん坊へあげるモノだよ」

「ほう」

「おっ母《か》さんがみんなお乳の出がいいとは限らないからね。お武家さまだと乳母《うば》なんていう人がいるらしいけど、あたしたち庶民はご近所さんからもらい乳をするったって高が知れてるし、代わりになるものを支度しとくわけさ」

「ほうほう」

宗太郎にも、幼いころに乳母がいた思い出がある。

「ここだけの話、文字虎はあんまりお乳の出がいい方じゃないからね。足りない分は、重湯に水飴を混ぜて小虎ちゃんにあげてるんだよ」

宗太郎はお軽にうなずき返しながら、腕の中の小虎を見つめた。

武家屋敷での浮世離れした暮らししか知らない宗太郎は、こうした庶民の知恵のような話を聞くたびに、焦りに似た何かを覚える。それがしはどれだけ世間知らずなのかと、恥じ入りたくなるのだ。

「人の赤ん坊と同じものを仔猫にやっていいのかわかんないけど、なんにもやらないよりいいだろう」

「そうですね、ひとつ物知りになりました」

「なんだい、それ。お堅いね、猫太郎さんは」

お軽が重湯を作るために、火吹き竹でへっついの火を熾《おこ》す。

いつの間にか、板葺《いたぶ》き屋根を激しく打ちつけていたはずの雨足が弱まり、縄暖簾の外は西からうっすらと明るくなりつつあった。

夕立が、ようやく通りすぎようとしていた。車軸の雨さえあがれば、茜《あかね》色の美しい空を拝めよう。

仔猫を弱らせている疫鬼《えきき》も、夕立とともに消え去ってしまえばいい。

そんなことを祈りながら、宗太郎はお軽が手際よく重湯を作る姿をそぞろ目で眺めていた。〝猫の手〟を貸したいところだったが、あいにく、この猫の手屋は家事の用向きを不得手としていた。

ともすれば、父親というのはあまり子育ての役には立たないものだ。いや、それがしは父親ではないが。

宗太郎が幼いころ、何もできない父が何かをしようとして、よく母の周りをうろうろしていた覚えがある。

裏店暮らしを始めてから、まだ一度も両親に会っていなかった。ご健勝でおられるであろうか、と父と母が懐かしかった。

仔猫を拾ったことで、予期せず里心がついてしまったことを周囲に気取《けど》られないように、宗太郎は眉間に力を入れてへっついから立ち昇る湯気を目で追うのだった。

二

仔猫は黒とも言えず、茶とも赤とも言えない、なんとも微妙な錆び色の毛皮を身にまとっていた。

井戸端で盥《たらい》に水と湯を張って身体中の泥やホコリをいくら洗い落としてみても、毛皮そのものの色が小汚かった。右耳だけはっきりとした黒なのが愛嬌《あいきょう》と言われれば、そう見えなくもないのだが……。

夕立があった日から二日、三日と経《た》ち、重湯と水飴が口に合ったのか、仔猫はすっかり元気になっていた。

猫は狭いところを好む。仔猫もご多分に漏れず、思いもよらぬ場所をお気に入りにしていた。

ある晩、泥鰌《どじょう》と笹《ささ》がき牛蒡《ごぼう》の小鍋立てを食べた宗太郎が、水瓶の水でざっと洗い流しただけの小鍋をうっかり箱膳の上に置いたまま寝てしまったら、翌朝、仔猫が中で丸くなって眠っていたのだ。鉄器がひんやりとして、気持ちがよかったのかもしれない。

小鍋に収まる仔猫は、真崎稲荷《まさきいなり》名物の豆腐田楽《でんがく》のようだった。なんとも微妙な錆び色の毛皮が、たっぷりかかった赤味噌《あかみそ》に見えたのだ。

仔猫、仔猫、と呼びかけるのも味気ないので、宗太郎はこれに〝田楽〟と名づけることにした。それは同じ九尺二間で二匹が、いや、ひとりと一匹が暮らすようになってから、五日目のことだった。

この五日というもの、宗太郎は田楽の塩梅《あんばい》が気になって、ほとんど外へは出ずに長屋内での虫籠作りの内職に精を出していた。蛍《ほたる》の季節は終わったが、そろそろ鈴虫などの秋の虫がよい声で鳴く時候になるため、それなりの数をまとめて納めなければならなかったのである。

……というのは、建前で。

本音を明かせば、なんとなく、片時も田楽から離れがたい気がしていた。

猫の手を貸すために表へ出かけるときは、お軽や文字虎が預かろうと言ってくれてはいたが、おのれのいないところで田楽がまたカラスたちに襲われるようなことがあっては大変だ。井戸の底や厠《かわや》の肥溜《こえだ》めに落ちないとも限らない。板葺き屋根に上ったはいいが、下りて来られなくなってしまうことだってあるかもしれない。

「何しろ、男子《おのこ》には敷居をまたげば七人の敵がいると言うからな」

あらゆることに目を光らせておかなければなるまい。

宗太郎は少し前まで、満ち欠けする月に似た猫の目が不気味でならなかった。蛸《たこ》のように、鰻《うなぎ》のようにくねくねする身体を気味悪がっていた。

「それが、どうであろうか。人とは、変われば変わるものである」

見目姿も、ただの人からは想像もし得ないほど変わってしまったが、それはそれとして。それとも、この業の深い身になったからこそ、猫を身近に感じられるようになったのであろうか？

田楽は昼餉《ひるげ》の重湯と水飴をきれいに平らげたのち、今は土壁沿いに置いてやった小鍋の中で、ぷすぷすといびきのようなものをかきながら昼寝をしていた。

猫とは昼間は眠くてたまらないものだが、仔猫とは輪をかけて眠くてたまらない生き物らしい。とにかく、二六時中寝ている。

「なんとも、のん気な商売であるな」

宗太郎は田楽の寝姿を見るとはなしに見やりながら、手は止めることなくせっせと竹ひごをしごいた。

すると、そこへ。

「ごめんくださいよ。猫先生、ちっくりお邪魔しますよ」

という威勢のいい声がして、腰高障子が雑に開け放たれた。

「これは、国芳《くによし》どの」

「毎度、鼠除けの猫絵を持ってきましたよっと」

「かたじけない、こちらから受け取りに参りましたのに」

「なんていうのは口実に決まってるじゃねぇですかい。猫先生、聞きましたよ。水臭ぇったらねぇや」

猫臭い？

宗太郎は袖をまくり上げて、泡雪の毛皮のにおいを嗅いだ。この時期、毎朝水浴びをして気をつけていたつもりなのだが。

「なんで、教えてくれねぇんですかい、ついに男やもめになったんですってね？」

宗太郎は、くんくんさせていた鼻をピタリと止めた。

「ついにも何も、それがしは誰とも夫婦《めおと》になった覚えはないですぞ」

どこまでややこしい話になっているのやら。

しかし、それを宗太郎が問い質《ただ》すより先に、勝手に畳に上がりこんだ歌川《うたがわ》国芳が目敏《めざと》く小鍋を見つけて素っ頓狂な声をあげる。

「ひええっ」

「いかがしましたか、国芳どの」

「仔猫ってぇのは傾城《けいせい》より毒婦よりおっかねぇ！　絵筆、絵筆……！」

懐から矢立を取り出した国芳が、宗太郎に届けに来たはずの猫絵の束から一枚を抜き取って、余白へ一心不乱に絵筆を走らせていく。

「何を描《か》いているのですか？」

「美人絵です。いんや、こりゃもう春画です」

宗太郎には、ありふれた猫の寝姿に見えた。

「仔猫の小鍋立てとは、こんな愛くるしい絵組み見たことねぇですわ。てやんでい、こんちくしょうめ。仔猫ってぇのは、てめぇがかわいいことをわかってて、こうしたいやらしい格好をしやがる」

要するに、仔猫がかわいくてどうしようもない、ということを国芳は言いたいようだった。度が過ぎた猫好きなだけに、大方、仔猫の噂《うわさ》を聞きつけて矢も楯《たて》もたまらずすっ飛んで来たのだろう。

「おう、よちよち、起こしちまったかい？」

田楽が起き出すと、国芳は潔く絵筆を放り出し、でれでれに脂下《やにさ》がった顔で田楽の頭を力いっぱい撫《な》で回し出した。

「はぁ、右耳だけ黒猫とはたまらねぇ」

「国芳どのの長屋にも、錆び猫はいますか？」

「いんや、うちはむかしっからぶち猫ばっかりでしてね。ちなみに、こいつは雌ですかい？　雄ですかい？」

宗太郎が答えるより早く、国芳は左手で田楽をひっくり返して、墨で汚れた右手の人差し指でもってちょちょいと股ぐらを検分する。

「ははぁ、立派なふぐりをぶら下げてやがる。錆び猫の雄とは珍しいですね」

「そうなんですか？」

「三毛猫と錆び猫は、ほとんどが雌ですからね」

そう言えば、そんな話を、三毛猫の雄から聞いたことがある。

あたしは招き猫なんですよう、という気取った声が大伝馬町あたりから風にのって聞こえた気がした。

「猫先生、こいつめの名前は？」

「田楽です」

「なるほど、田楽先生ですね」

　さらに国芳の勢いは止まらず、田楽の顔まわりにちうちうと口吸いをしてみたり、肉球のにおいをくんくんと嗅いでみたり、見ているだけで宗太郎のしっぽがむずむずするようなやりたい放題が続く。

「はぁ。仔猫のせいか、まだあんまり肉球のにおいがしねぇですね。こんぐらいじゃ、米一杯ってとこですかね」

　肉球のにおいで米が食えるのは、江戸中さがしても国芳だけだろう。

「おっと、イテテッ。田楽め、指に嚙《か》みつきやがったな」

「なんですと、大丈夫ですか？」

「いやぁ、慣れてますから、こんなのどうってことはねぇですけどね。ただ、今のは本気で嚙みついてきやがった。田楽には兄弟がいねぇから、どんだけの力で嚙んだら相手がいてぇかがわからんのでしょう」

「ほう」

「仔猫ってぇのは兄弟で嚙みついたり、引っかいたりし合いながら、互いに加減を覚えていくもんです」

「ほうほう」

国芳の左手の甲に、田楽が付けた小さな牙の痕が残っていた。

宗太郎はまだ田楽に噛まれたことも、引っかかれたこともないが、わがままざんまいの乱暴者に育っては困ると思った。甘ったれのなよなよした猫になってしまうのも、どうかと思うが。

乳母日傘《おんばひがさ》で育てられた猫がどう成長するか、宗太郎は知っている。七人の敵を警戒するあまり、しつけを怠ってはいけない。

「猫先生、いっそこういうのはどうでしょう?」

「聞かせてもらいましょう」

「猫先生が鼠退治なんかで猫の手を貸している間は、田楽をうちで預からせてはもらえませんかい?」

ふむ、とうなずいて、宗太郎は竹ひごをしごく要領で松葉に似たひげをしごいた。

お軽も文字虎も国芳も、ありがたいことにお節介を焼きたくてしょうがないらしい。お節介とは、誰かに焼かれた分だけ、また別の誰かに焼きたくなる。そういう意味では、これもまた恩送りに似ている。

「猫の手屋は町の人らに〝猫の手〟を貸すのが仕事でしょう、虫籠ばっかり作ってるわけにもいかねぇんじゃないですかい？」

それもそうであった。長屋に閉じこもって虫籠作りをしているだけでは、善行は積めない。

宗太郎は猫の本懐……、いやいや、もののふの本懐を忘れかけていた。

国芳の長屋には、幸いにもたくさんの猫がいる。しつけをするには、渡りに船だと思われた。

「では、お頼み申します」

「そう来なくっちゃ」

「さっそくですが、これから久松町まで国芳どのの猫絵を届けて来てしまいますので、その間、少しばかり田楽を預かってもらえますか？」

「お安いご用ですとも、大船に乗ったつもりでいてくんなさいな。くれぐれも、早く帰ってこようなんて思わないでいいですからね」

ミー、と。

国芳の懐に入れられるとき、田楽が宗太郎を見上げて小さく鳴いた。

田楽の目は、薄い青色をしている。お軽が言うには、仔猫は大抵青みがかった目をしているのだそうだ。ひと月もすれば、金や褐色、緑色などに落ち着いてくる。

ということは、田楽はまだ生後ひと月にも満たないということになる。

こうした猫のうんちくも、むかしの宗太郎が聞いたならば露骨に眉をひそめただろうが、今は仔猫のうちしか見られない青さならば、よく目に焼き付けておこうぐらいの気持ちがあった。

とまれ、国芳が田楽を連れて画室へ帰ったあと、宗太郎は久松町の刀剣屋へ出かける前に、仔猫に遠慮してしばらくできずにいた室内の掃除をすることにした。

まだ日が高いので夜具を外へ干し、はたきで梁《はり》や調度の上のほこりを落としてから畳を箒《ほうき》で掃き、仕上げに雑巾がけもした。

箒では結構な毛ぼこりを掃き出したが、錆び色の毛よりも断然白い毛の方が多く、それがしはこんなに全身から毛が抜け落ちていて禿《は》げないのであろうかと、いささか心細くなったことは誰にも言うまい。

「ふむ、気持ちがよいな」

ぴかぴかの九尺二間を見回し、宗太郎は満足げにつぶやいた。

田楽お気に入りの小鍋も、はぁーっ、と息を吹きかけて丁寧に空拭きしてやった。

宗太郎は家事の用向きは不得手だが、几帳面《きちょうめん》な性分が幸いしてか、掃除だけは人並み以上に仕上げる自信があった。

「よし。では、久松町へ出向くか」

思えば、久松町で鼠退治をした日に田楽と出会った。

「いわつき屋さんに借りていた傘を返さなければな」

蛇の目傘は、まだ土間に立てかけたままになっていた。今日はいくぶんか風があり、暑さも峠を越したかのような一日だったので、夕立になるようなことはないだろう。

蛇の目傘を片手に、宗太郎は腰高障子を開いて空を見上げた。

そして、一歩を踏み出すために何気なく視線を足もとに落として、

「おう！」

地べたに丸まっている毛玉に驚いて、宗太郎はたたらを踏んだ。毛玉かと思ったものが錆び色の仔猫であることに気づくのに、そう時はかからなかった。

「田楽……か？」

「ミー」

西日を浴びているせいか、いつもよりも毛皮が赤く見えたが、右耳だけ黒猫なのですぐにわかる。

「田楽、何をしている？　国芳どのの長屋へ向かったのではないのか？」

「ミー」

宗太郎の袴《はかま》に爪を立てた田楽が、一気に肩までよじ登ってくる。

「イタタ……。これ、爪を立てるでないぞ」

「ミー、ミー、ミー」

田楽は、しきりに宗太郎に話しかけていた。小さな口をめいっぱい開けて、何をしゃべっているのであろう？

「ミー、ミー、ミー」

「腹が減ったのか？」

「ミー、ミー、ミー」

宗太郎は懐に忍ばせている煮干しを取り出してみたが、こうした食べ物はまだ仔猫には早いのかもしれないと思い直して、再び懐に捻《ね》じ入れた。

すると、その懐へそそくさと潜りこんだ田楽が、顔だけをちんまりとのぞかせて手前勝手に寛《くつろ》ぎ出してしまった。

「こらこら、そんなところに入るでないぞ。暑いであろう」

「ミー」

「これでは真夏の湯たんぽではないか」

そうは言いつつも、宗太郎は田楽を引っ張り出すことはしなかった。

小さい身体ながら、田楽が一人前に喉をごろごろと鳴らしている音が伝わってきたからだ。懐という場所が心地よいのか、それとも、それがしの懐だから心地よいのかは、わからない。

しかし、悪くはない、と宗太郎は思った。

西日に長く伸びる影法師は宗太郎ひとりの姿しか描き取らないが、そこでは間違いなくふたつの鼓動が重なっているのだということを、声を大にして誰かに言いたいような、誰にも言いたくないような、子ども染みた葛藤におかしみがわいた。

そうこうしているうちに、三日月長屋の木戸口から小柄な体軀《たいく》が声を嗄《か》らして駆けこんでくるのが見えた。

「猫先生、大変でぃ！」

「おや、国芳どの」

「田楽が、田楽がぁ！」

「田楽が？　国芳どの、いかがしましたか？」

「いや、イカもタコもねぇ、落ち着いて聞いてくださいよ。うちの長屋に来るまではおとなしく抱っこされてたくせに、ひとたび畳に下ろしたら、あいつめ、どこかへすっ飛んで行っちまっ……て、おや？」

ここまでこけつまろびつ走って来たようで、国芳の額には玉の汗が光っていた。それを二の腕で拭って、国芳が宗太郎の懐をまじまじと見つめる。

「田楽、お前さん、なんでそんなところに？」

ミー、とひと鳴きして田楽が懐の奥に隠れた。

「それがしが出かけようとしましたら、腰高障子の前で丸まっていました」

「なんでい、そんなに猫先生のとこがよかったのかい。帰るなら帰るって言ってくれねえと、心配するだろうよ」

「どういうことでしょう？　田楽は、ここまでひとりで帰ってきたのでしょうか？」

「どうやら、そうみたいですね。小さくても父親がわかりやがるんでしょう」

「国芳どの、それがしは田楽の父親ではありませんぞ」

「猫ってのは、好き嫌いがはっきりしてますからね。悲しいかな、おいらは田楽には好かれてねぇようです」

所在なげに自分の懐に拳を入れてみている国芳は、仔猫の無事を知って安堵《あんど》しているような、袖にあしらわれて落ちこんでいるような、なんとも言えない片笑みを浮かべていた。

先ほど、あれだけしつこくしていればさもありなん、と思わないでもなかったが、宗太郎はあえて口には出さなかった。

ただ、勝ち誇った心根が顔には出ていたのかもしれない。

「猫先生、うれしそうですね。ひげ袋がふくらんでますすよ」

「むむ、なんのことですかな」

人ならば、目は口ほどに物を言う。しかし、この業の深い姿は目どころか、うっかりすると耳やしっぽ、ひげ、そのほか思いもよらないところが口ほどに物を言う。

「気をつけなければ」

と、小声でおのれを戒めながら、宗太郎はしっぽりと濡れた鼻を舌先でペロリと舐《な》めた。これもまた、口ほどに物を言う仕草だとも知らずに。

周囲にこうした悲喜こもごも至ることなど、仔猫はお構いなしである。

歩き疲れて、鳴き疲れもしたのか、田楽は宗太郎の懐で今まさに眠りに落ちようとしていた。


計らずも、その日は田楽を懐に入れこんだまま、宗太郎は久松町へ国芳の猫絵を届けに行くことになった。

幸か不幸か、すれ違う人の多くは宗太郎の奇妙奇天烈な白猫姿にばかり目が行くようで、懐から顔だけをちんまりとのぞかせている田楽に注目する者はいなかった。

あんまりにも誰にも気がつかれないのは、それはそれでつまらなかったのか、猫絵を置いていわつき屋を出ようとしたときに、

「ミー」

と、満を持して田楽が力いっぱいの声で鳴いた。

「これは、これは」

猫好きの平次郎は仔猫を見つけるなり、そうでなくても長い顔をだらしなくゆるめて、両手を合わせた。

「子連れ猫神さまとは、この上なくありがたいことですね」

「それがしは仔猫連れではありますが、子連れではありませんぞ」

「猫先生に福を呼ぶ、招き猫になりますように」

「宗太郎ですぞ」

律儀に正す宗太郎に、平次郎はいつもよりも深々と頭を下げていた。

さらに宗太郎が表通りを歩き出してからも、平次郎をはじめ、いわつき屋の番頭や手代はいつまでも両手を合わせて見送ってくれていた。さすがにもういないであろうと悪戯心《いたずらごころ》を働かせて何度か振り返ってみたが、まったく微動だにしていない。

岩ひと文字の家じるしを染め抜いた日除け暖簾前にそろって居並ぶ姿は、まるで地蔵のようだった。扱う刀剣は安価なものでも、武士相手の商売だけに店者《たなもの》のふるまいには微塵《みじん》の粗相もなく、そこには老舗の行儀よさがあった。

さて、それからというもの。

田楽のお気に入りの場所は、小鍋から宗太郎の懐へと変わっていった。宗太郎が猫の手を貸すために外へ出かけるときはもちろんのこと、長屋にいるときでもちゃっかり懐を寝床にしようと潜りこんでくる。厠へ行くのも、風呂屋《ふろや》に行くのも一緒だ。

そうなってくると、いわつき屋平次郎がありがたがって口にした『子連れ猫神さま』というひと言が、あれよあれよという間にひとり歩きし出すことになる。

宗太郎を見て、

『男やもめの子連れ猫神さま』

と、声をかけてくる人もいる。

『男やもめが雄の手ひとつで子育てに奮闘している子連れ猫神さま』

と、寿限無《じゅげむ》を諳《そら》んずるみたいに長い名で呼びかけてくる人もいる。

「それがしは仔猫連れではありますが、子連れではありませんぞ。猫神さまでもなければ、男やもめでもありません」

そもそも田楽は錆び猫、それがしは白猫、どこも似ていないでしょう。いやいや、それ以前に、それがしは限りなく猫に近くとも人なのです。

と、当人が口を酸《す》っぱくして正しても、誰にも聞き入れてもらえない。

ひょっとしたら、平次郎の言葉には言霊《ことだま》が宿っているのかもしれない。

宗太郎がそう思うようになったのは、田楽を連れて歩くようになってから、猫の手屋への依頼がわずかながら増えたからだった。

『猫先生に福を呼ぶ、招き猫になりますように』

平次郎どのは田楽を見て、そんなことも言っていなかったであろうか？

これまで宗太郎のところに持ちこまれる依頼と言えば、鼠退治や井戸さらい、障子紙の張り替えといった力仕事がほとんどだったが、最近では大店の楽隠居を相手に碁を打つ、将棋を指す、書画会のにぎやかしとなるなどの、主に話し相手になるだけの仕事がちらほらと舞いこむようになってきていた。

口下手《くちべた》な宗太郎にとって、有《あ》り体《てい》に言えば、この手の依頼は針の筵《むしろ》に座るようなものなのだが、先方の目当ては懐の田楽なのである。毬《まり》や紐にじゃれついては眠る仔猫の姿を、ただ目を細めてながめていたいというのが本音のようなのだ。

とにもかくにも、三日月長屋に掲げた猫の手の木型の看板がひっきりになしに揺れる程度には、猫の手屋は繁盛していた。

そんな、ある日のこと。

宗太郎は、平次郎から姪《めい》っ子の話し相手になってもらえないかとの相談を受けた。

姪っ子は、十三歳。頑是《がんぜ》ない子どもではないが、分別のある大人でもなく、箸が転がってもおかしい厄介な年ごろだ。石部《いしべ》金吉《きんきち》の宗太郎が出向いたところで、会話が弾むとは到底思えなかった。

こんなときこそ懐の田楽の出番とはいえ、いくら仔猫の愛くるしさをもってしても、間が持たないものは持たないだろう。そうなったときの痛ましい光景がまざまざと思い浮かび、宗太郎は震えあがった。

だいたいが、男女七歳にして席を同じうせずと言われる世の中だ。宗太郎は見た目こそ百年は生きていそうな化け猫風情ではあるが、その素顔は二十三歳の青二才なわけで、若い娘と差し向かいになることは気が引けた。

無茶がすぎる、と宗太郎はこの依頼を一度は断った。

ところが、平次郎から姪っ子の身の上話を再三にわたって聞かされるにつけ、宗太郎は首を縦に振らざるを得なくなってしまう。

なんでも、姪っ子は生まれながらにして目が不自由なのだそうだ。奥に閉じこもりきりの暮らしの中で、唯一の友だちと言えるのが、庭に遊びに来る野良猫だけだった。

それが梅雨《つゆ》に入ったあたりから、その野良猫がぱたりと姿を見せなくなってしまったと言うのだ。

理由はいろいろと考えられるだろう。猫は抜け目のない生き物だから、より手厚いもてなしをしてくれる庭をよそに見つけたのかもしれない。誰かに飼われることになったのかもしれない。あるいは考えたくはないことだが、猫買いに捕まってしまったか、病などの最悪の結末も頭の片隅にひっかけておくべきだ。

姪っ子は野良猫がやって来なくなって、目に見えて気落ちしていると言う。

『不憫《ふびん》な娘です。何とぞ、子連れ猫神さまのご慈悲を賜《たまわ》れますように。仔猫神さまと戯れるひとときを持てば、気も紛《まぎ》れましょう』

それがしは子連れ猫神さまでもなければ、田楽も仔猫神さまではないのですが。

そう正しておきたいところだが、深々と頭を下げて寄越す平次郎を前にすると、宗太郎はどうしてもこの依頼を固辞することができなかった。

「妙なことになってしまったな」

猫背を一層丸めて、宗太郎は懐の田楽をじっと見つめた。

田楽も、青みがかった目で見つめ返してくる。が、すぐに、

「ミー」

ひと鳴きして、田楽はうつらうつらと眠りについてしまった。

「まったく、これのどこが猫神か。仔猫とは、とことんのん気な商売であるな」

そんなこんなで、今日である。

油照りの昼下がり、宗太郎は長さ百十六間の新大橋を渡って深川《ふかがわ》を目指していた。

日本橋浜町と深川六間堀《ろっけんぼり》を結ぶ新大橋は、千住大橋、両国橋に次ぐ、大川で三番目に古い橋だ。むかしは両国橋が大橋と呼ばれていたため、それよりも新しくできた橋という意味で、この名になった。

「よもや、深川まで猫の手を貸しに来るようになろうとは思わなかった」

宗太郎は買ったばかりの編み笠を指先でつまみ上げながら、渡りきった新大橋を振り返った。

浜町側は武家地になっているので、海鼠壁が続く広小路は人通りがとんと少ない。対して、深川側のにぎやかなこと。江戸の人口増加に伴い、新たに武家地として整備されたのが本所深川《ほんじょ》一帯だ。同時に、縦横に開削された堀割沿いには町人地が広がっていったため、武家地と町人地が寄せ木細工のように入り組んだ土地になっていた。

山の手の武家地育ちの宗太郎は、こうした川向こうの下町にはこれまでまったくと言っていいほど縁がなかったが、粋で気っ風のいい土地柄というのは歩くだけでも何やら心が浮き立つ気がした。

「ミー」

「ふむ。堀割が多いので、いたるところから潮の香りがするな」

ついでに干鰯場《ほしかば》と魚油問屋が目立って多いこともあって、どの町内を歩いてもぷうんと生臭いにおいが漂っていた。このにおいは、猫にはたまらないものがある。いやいや、それがしは猫ではないとも。

宗太郎は懐の田楽の頭をひと撫でしてから、いわつき屋平次郎に描いてもらった細見《さいけん》を広げた。

「どれ、万年橋《まんねんばし》を越えて右、海辺大工町《うみべだいくちょう》の東のはずれの……」

海辺大工町は小名木川《おなぎがわ》の南河岸にあり、万年橋から新高橋《しんたかばし》までの間に広く点在する、かなり大がかりな町人地だ。古くは舟大工たちが住んだ町で、舟着きの湊町《みなとまち》だったらしい。それが少しずつ許されて町人地になったため、武家地、寺社地を間に挟んだ飛び地状の立地になっていた。

「おう、このあたりではないか?」

町屋、大名屋敷、町屋、大名屋敷と交互に建ち並ぶ南河岸を進むうちに、御刀脇差拵所の看板を掲げている表店があった。

「あったぞ、ここが一丸屋《いちまるや》であるな」

一丸屋は、いわつき屋平次郎の兄である伝兵衛《でんべえ》が切り盛りする刀剣屋だ。平次郎は、いわつき屋の婿《むこ》養子に入っていた。

丸に一の字の家じるしを染め抜いた日除け暖簾がはためく一丸屋は、いわつき屋よりも間口の広い大店だった。ただし、店構えからは老舗の貫禄《かんろく》といったものは感じられない。平次郎の話では、一丸屋は兄弟の父親が一代で大きくした店なのだそうだ。

「御免」

編み笠を脱いだ宗太郎が日除け暖簾をくぐって声をかけると、

「はいはい、いらっしゃいませ」

と、帳場格子の向こうに座る牛が愛想のいい笑顔を向けて寄越した。

もとい、牛ではなく牛のようにのっそりとした主人だ。弟の平次郎は馬に似ていたが、兄は牛に似ていた。牛頭馬頭のようであるな、と宗太郎は思わず頬をゆるめてしまったものだが、見ようによっては化け猫がニタァと笑った姿に映ったのかもしれない。

土間にいた、どこぞの大名家の家中かと思われる先客が、宗太郎の笑顔を見て……というよりは風体《ふうてい》そのものに肝を冷やしたとも思えるが、飛び上がらんばかりにギクリと肩を震わせていた。その後、頑《かたく》なに顔をそむけてこちらを見ようとしないのは、宗太郎が化け猫風体であっても腰に大小を提げていたので、武士としての面子《メンツ》を立ててくれたのだろう。

「おやおや、ひょっとして、猫先生ではございませんか?」

主人が満面の笑みを浮かべて、のそのそと板敷きの間をいざる。

「ようこそ、おいでくださいました。弟の平次郎がお世話になっております」

「こちらは、いわつき屋さんゆかりの刀剣屋で間違いないでしょうか?」

「はいはい、手前が一丸屋伝兵衛にございます。このたび、手前どもまで子連れ猫神さまのご慈悲を賜れるとのことで、ろくろ首になってお待ち申しておりました」

「まず初めに、それがしは猫先生でも子連れ猫神さまでもなく、猫の手屋宗太郎と申します」

「はいはい、猫の手屋猫太郎さまでございますね。ご武勇につきましては、弟からかねがね聞き及んでおりますとも」

なんの武勇を、どう聞き及んでいるというのか。

「おおっ、こちらがお噂の仔猫神さまでございますね！　あな、かわいや！」

「ミー」

「よちよち、お父っつぁんの懐は気持ちいいでちゅかい？」

「それがしは、お父っつぁんではないのですが」

「ミー」

「ありがたや、ありがたや」

眠くて目が開かない田楽だったが、そんなことはお構いなしに、伝兵衛は宗太郎の懐に顔を突っこむ勢いで両手を合わせていた。

「お前さん、猫神さまを立たせたままで何しているんですか。外はお暑かったでしょうから、早く上がっていただいて」

奥から声をかけてきたのは、お内儀《ないぎ》のようだった。宗太郎と目が合うと、ぺこぺこと頭を下げて寄越した。それが赤べこのようで、宗太郎はまた笑ってしまった。

「こりゃ、あたしとしたことがいけないね。猫太郎さま、わざわざご足労いただきまして恐縮でございます。さぁ、どうぞ奥へ」

気さくな牛夫婦である。肩肘張ったところがないのは助かったが、どうやら人の話を聞かない性分のようなのは困った。

もっとも、宗太郎の周りの面々は押し並《な》べて人の話を聞かないので、何も今に始まったことではないかと思えば、すんなりと諦めが付く。

夫妻へのあいさつもそこそこに、宗太郎はさっそく娘の部屋へと引っ立てられることになった。猫のお白州《しらす》に引っ立てられたときの何倍も覚束《おぼつか》ない心地だったが、これも仕事と割り切って腹をくくる。

「絹《きぬ》、入るよ」

伝兵衛が南向きの部屋の障子を開くと、室内からは上品なお香がにおった。

「娘の絹でございます。猫太郎さま、どうぞよろしくお願いいたします」

牛のくせに、伝兵衛は牛歩を忘れた急ぎ足で店へと戻って行ってしまった。

あまりにもせっかちな運びに、宗太郎は廊下に棒立ちになったまま、伝兵衛の消えた廊下の先を呆然《ぼうぜん》と見つめていた。すると、

「ごめんなさいね、猫先生。お父っつぁんもおっ母さんも慌ただしくて」

室内から、鈴のような声に呼びかけられた。

「日ごろから独楽鼠《こまねずみ》みたいにせっかちな両親なんですけど、藪入《やぶい》り前でことさら浮き足立っているみたい」

「藪入り？」

「猫先生はお武家さまですから、馴染《なじ》みがないかもしれませんわね。商家では、お正月とお盆の年に二回、住みこみの奉公人たちにお休みを出しますの。それが藪入りです。奉公人たちは離れて暮らす親御さんのもとへ帰ります。そのときに、お店からの手土産《てみやげ》だったり、お仕着せの着物だったりを持たせる習わしになっているんですのよ」

「ほう」

「お父っつぁんもおっ母さんも見栄っ張りだから、毎回、よそよりもいい手土産を用意するって大はりきりなんです」

「ほうほう」

と、至極ふつうに廊下と室内で立ち話をしてしまったが、宗太郎は娘と初対面であることを思い出して廊下に座りこんだ。

「申し遅れた、それがしは」

「猫の手屋猫太郎さまですね？」

「宗太郎である」

「ふふ、おじさんから聞いていたとおりのお方のようですわね」

「はて。平次郎どのは、なんと？」

「それは内緒です」

うふふ、と娘が声に出して笑う。平次郎からは姪っ子は十三歳だと聞いていたが、宗太郎の目にはずいぶんと大人びて見えた。髪は赤い鹿《か》の子をかけた桃割れで、着物は藍がにおい立つ涼しげな紺絣《こんがすり》だ。

一見しただけだと、目が不自由のようには見えない。娘の身体は部屋の正面を向いているのに、顔はきちんと廊下に座る宗太郎の方へ傾《かし》げられていた。

「猫先生。どうぞ、中へお入りになってください」

「う、うむ」

促されて立ち上がった宗太郎だったが、部屋の障子を閉めるべきか、開けておくべきかをわずかに迷っていると、

「暑いですから、障子は開けたままで構いませんわ」

とのこと。さてはすべて見えているのではないか、と宗太郎は訝《いぶか》しく思った。が、正面に座って、目を合わせてみるとわかる。娘の双眸《そうぼう》は、古鏡のように朧々《ろうろう》としていた。光を映すことはなく、闇のみを吸いこんでいるようだった。

「申し遅れました、わたくし絹と申します」

「お絹坊……」

と、宗太郎は口に出してしまってから、絹はもう坊と呼んでいいような年ではないことに気づいて青ざめた。気心知れた三日月長屋の子どもたちを呼ぶ乗りで、つい。

「ふふ、結構でしてよ。お絹坊と呼んでください」

「はぁ、恐れ入る」

たったここまでの会話で、宗太郎は肉球にどっと汗をかいていた。

平次郎どのは、姪っ子は野良猫がやって来なくなって、目に見えて気落ちしていると言っていなかったであろうか？

とんでもない。お絹は、しゃんしゃんとしている。

家屋敷に風が吹いていることが、よい潮となっているのかもしれない。

一丸屋の敷居をまたいだとき、宗太郎が真っ先に思ったのは、ここは風が吹いているということだった。空気がよどんでいない。

この場合の風とは空から建物内へ吹きこむものではなく、建物内から空へ吹き出すものであって、運気と言ってもいいだろう。

これが滞っている家屋敷は黒い布帛《ふはく》で茶巾絞りにされたみたいに薄暗く、息苦しい。

かつての宗太郎なら、風だ、運気だなどということにはまったく頓着しなかった。むしろ、その手の物事には疎《うと》いぐらいだったのだが、奇妙奇天烈な白猫姿になってからというもの、松葉に似たひげで、泡雪の毛皮で、あずき色の肉球で、目には見えない何かの流れをびんびんに感じ取るようになっていた。

「猫先生」

「ぬ？」

「お顔を見せてもらってもいいかしら？」

「顔を……？」

　目が不自由でありながら、見るとはいかに？

　宗太郎が戸惑っていると、お絹が両手を伸ばしてきた。

「わたくしの目は、この手です。触れば、だいたいのことがわかるんです」

「なるほど」

　そういうことならば、と宗太郎はにじり寄ってお絹の目の前であぐらをかいた。

　これが国芳や、大伝馬町の太物問屋三升屋《みますや》平左衛門《へいざえもん》の頼みであったならば、袖の下に好物の羊羹《ようかん》をひと棹ちらつかせられても二の足を踏むところだろう。

　三日月長屋の地主である平左衛門は、猫への入れ揚げっぷりは国芳とおっつかっつといったところながら、太物を商う豪商の若き主《あるじ》として唸《うな》るほど金子《きんす》を持っているだけに、そこばく面倒臭い御仁だった。

　ふたりとも、何かと宗太郎の泡雪の毛皮をまさぐりたがる。

　それがしは撫で地蔵ではないのである。

「いかようにも、どうぞ」

　宗太郎は大きく深呼吸をしてから、剣術の立ち会いに挑むがごとく丹田《たんでん》に力を込めた。

「ありがとうございます。では、失礼して」

お絹が両手を伸ばしたまま、束の間《つかま》、耳をそばだてる素振りを見せた。宗太郎の声がどこから聞こえてくるかで、相手の顔がどのあたりにあるのかのだいたいの目串を付けているようだった。

すぐに、あやまたずに指先が宗太郎のひげ袋に触れた。

「あら！　なんて長いおひげ！」

「松葉に似たひげである」

「お耳はどうかしら……、まぁ、これがお耳！　猫の耳！」

「三つ鱗の形をしている」

「目は……、あぁ、目も大きいんですのね。どんなにきれいな目なんでしょう」

「金色の目をしている」

「ふふ、毛深いお顔をしていらっしゃいますのね」

宗太郎はしっぽりと濡れた鼻を舌先でペロリ、ペロリと落ち着きなく舐めた。この調子で、しっぽまで触りたいと言われたらどうしたものかと、内心ハラハラしていた。

しつこいようだが、それがしは撫で地蔵ではないのである。

「ありがとうございました、猫先生」

「お絹坊、それがしの名は宗太郎だ」

「猫先生のお口が大きいのは、ひとりでも多くの人にありがたいお言葉を届けるためですわ。お耳が大きいのは、衆生《しゆじよう》の声を聞くため。お目めが大きいのは、衆生の悪をひとつも見逃さないため」

「買い被りすぎであろう」

釈迦如来《しやかにょらい》ではあるまいし。

「そして、わたくしの目が見えないのは、わたくしが醜いから。神さまが、醜いわたくしを見ないようにしてくださったんですわ」

苦笑いを浮かべていた宗太郎だったが、お絹の言葉に背中から冷や水をぶっかけられたような気がした。

それまで笑顔だったお絹からも、笑みは消えていた。古鏡のように朧々とした双眸が、宗太郎がいるであろうところをぼんやりと見ているばかり。

「お絹坊は美しいぞ」

「あら、お口がうまいこと。おじさんから聞いている猫先生は、もっとずっと朴念仁《ぼくねんじん》のはずですのに」

朴念仁とは失敬な。

と言ってやりたいところではあったが、今はほかに言わなくてはいけない言葉があるように思えた。

お絹は、お世辞抜きに美しい。外に出ないせいか肌は白磁のように白く、双眸が虚《うつ》ろであることを差し引いても、おちょぼ口でややふっくらとした頰には十分豊かな表情が見て取れた。

しかし、宗太郎には、それをどう伝えていいかがわからない。やはり、それがしは朴念仁なのかとうなだれたとき、

「ミー」

と、ここまでずっと眠りこけていた田楽が満を持して動き出した。

「あら、仔猫の鳴き声。そう言えば、猫先生は、子連れ猫神さまなんでしたっけね」

「平次郎どのがいかに伝えられたかわからんが、それがしは子連れではなく、仔猫連れであるぞ。ついでに、猫神でもない」

「どこかしら、仔猫神さまは」

お絹はもう宗太郎のことより、仔猫が気になってならないらしい。畳にうんと両手を伸ばして、小さな命をさがしていた。

宗太郎の懐からごろんと転がり出ていた田楽は、そんなお絹の手の動きを全身で見つめていた。じゃれて、今にも飛びつこうとしている。

「田楽。お絹坊にあいさつしなさい」

宗太郎があずき色の肉球のある手で尻を軽く押してやると、田楽はとてとてと歩き出し、図々しいことにお絹の膝の上に飛び乗った。

「まぁ、なんてちっちゃいの！」

お絹が白魚のような指で、田楽の顎下を撫でる。田楽は、すかさずごろごろと喉を鳴らしだした。

「手のひらに乗るくらい小さいんですのね。お玉は、うちへ来るようになったころはもう大人だったから、こんなに小さな子は初めてですわ」

「オタマ？」

「わたくしのお友だちです。ここのところ姿が見えないのだけれど……」

くだんの野良猫のことか、と宗太郎はひとりうなずく。

「それは、おそらく猫山へ修行に出たのであろう」

「猫山へ修行？」

「長生きした猫は、かわいがってくれた飼い主に猫の恩返しをするために人に化けると言う。そのための修行先が、猫山である」

「猫の恩返し……」

「縁あれば、いずれまたオタマに会えようぞ」

そう言うと、お絹が急におちょぼ口をへの字に引き結んだ。宗太郎は何か余計なことを言ってしまったかと身を強張《こわば》らせたが、器用なことに、お絹はそのままの顔で笑いだした。

それはまるで、泣いているような笑顔だった。

「猫先生のお口が大きいのは、やっぱりありがたいお言葉を届けるためなんですわね」

「そんなことはない……と、思うが」

「猫先生も、人に化ける修行の途中なんですか？」

「それがしは猫が人に化けているわけではない、生まれたときから人である」

「この子は？」

と言って、お絹が膝の田楽を顔の高さまで抱き上げる。

「この子も、人なんですか？」

「田楽は、どこからどう見ても猫であろう」

「この子、田楽ちゃんって言うんですね。毛皮は何色でして？」

「豆腐田楽にたっぷりとかかっている、赤味噌のような錆び色をしている。右耳のみ、黒猫だ」

「まぁ、いやだ。そこから田楽という名前を取ったんですか？」

ヘンな名前を付けられちゃったわね、とお絹が田楽に笑いかける。

「ミー」

田楽はお絹の膝が気に入ったのか、それから暇《いとま》を告げるまでの間、ずっと目の不自由な娘に抱かれていたのだった。

三

宗太郎の長くひんなりしたしっぽは、珍しく長いこと天に向かって立っていた。

「誰かの話し相手になるという猫の手の貸し方も、なかなかにいいものであるな」

初めは針の筵に座るようなものだと尻込みしていたが、田楽のおかげで仕事の幅が広がった。

この日、宗太郎が一丸屋にいたのは一刻《いっとき》（約二時間）に満たなかったものの、帰り際にお絹が満足した顔で日除け暖簾の外まで見送りに出てくれたことで、何かしらの手応《てごた》えを得た気がしていた。

話し相手になるからには気の利いたことを言わなければならないのかと、口下手なだけに少々難しく構えていた宗太郎だったが、大事なのは相手の話をよく聞いてやることなのかもしれないと今日一日で思えるようになっていた。

よく話を聞いていれば、おのずと言うべき言葉が見えてくる。

気分がよい。まだまだ駆け出しの猫の手屋ではあるが、この調子でコツコツと善行を積んでいけたなら、さらに気分がよいであろうとの思いを新たに、宗太郎は深川を後にして浜町の武家地へと足を踏み入れた。

西の空は、うっすら茜色に染まっていた。

「ミー」

高砂橋を渡って浜町河岸まで帰ってきたとき、ギャアギャア、といつぞやのようにカラスたちがまた騒いでいる声が聞こえた。

「ミー」

「安心せい、今日のあやつらは仔猫を襲っているわけではなさそうだ」

カラスたちは、土手下に生える大きな松の木に群がっていた。

ギャアギャア。

あそこがカラスのねぐらなのか、それともほかの鳥の巣でもあるのか、そうだとしたら雛《ひな》を襲っているのか……。

ギャアギャア。

耳障りな鳴き声だが、いずれにせよ、木の上での出来事を宗太郎がどうこうすることはかなわない。

「さぁ、長谷川町に帰ろう」

いっちょ前にひげを広げてたぎっている田楽の顔を懐の奥に押しやって、宗太郎は浜町河岸に背を向けた。

カラスは頭がいい。自分たちを厄介払いしようとした人の顔を覚えて、仕返しにやってくると言う。万が一にも、あのカラスたちが、先だってひと悶着《もんちゃく》を起こした宗太郎の顔を覚えていたら厄介だ。

宗太郎が編み笠の縁を手で押さえて歩を速めるのに合わせて、頭上高くで不気味な羽音が聞こえたような気がした。

長い影法師とふたり連れ、実際には懐に一匹いるので、ふたりと一匹連れで宗太郎が三日月長屋の九尺二間に帰ってきたとき、土間に一足の草履が几帳面に脱ぎそろえてあった。

「おう。爺《じい》か、来ていたのか」

宗太郎が後ろ手で腰高障子を閉めながら四畳半に声をかけると、

「若、そこへおなおりなされい！」

と、藪から棒の怒声で出迎えられた。

「な、なんぞ?」

「それはこちらの台詞《せりふ》です！　若、なんぞ、殿や奥方さまにおあやまりにならねばならぬ儀がおありなのではございませんか！」

四畳半で、白髪の武士が脇差を手に憤怒《ふんぬ》の形相をしていた。

目は糸くずのように細く、鼻は鷲鼻で、薄いくちびるをいつでも怒ったようにへの字に引き結んでいる老人だ。まるで、へのへのもへじそのもの。

爺こと、近山家の用人《ようにん》の日下部喜八《くさかべきはち》その人である。有平糖《アルヘイとう》ほどに頭の堅い老人で、おのれの石部金吉ぶりを棚に上げるわけではないが、あの石頭がひとつあれば撞木《しゅもく》いらず、どんな敲《たた》き鉦《がね》でも鳴らせるであろうと、宗太郎は常々感心している。

「どうした、爺。狐《きつね》にでも憑《つ》かれたか？」

「それまた、こちらの台詞。若は市井《しせい》の狐狸《こり》にたぶらかされ申したか？」

「なんの話か？」

黒猫の白闇《しろあん》に半ばたぶらかされるようにして、このような業の深い我が身になったことは、すでに喜八には打ち明けてある。

が、それとは違う話か？

「まぁ、爺、まずその物騒な脇差から手を放して」

「いいえ。若の返答いかんでは、この日下部喜八、これにて皺腹《しわばら》をかき切って琴姫《ことひめ》さまに詫《わ》びを入れたく存じます」

「加えて物騒であるな。お琴どのに詫びを入れると？　爺、お琴どのを怒らせるようなことをしたのか？　あれは怒ると怖いぞ、角が生える」

宗太郎はふざけて、額のところで両手の人差し指を立てた。猫の指は短いので、見る方からすれば、何をしているのやらといったところかもしれないが。

お琴は色白で頰のふっくらした花のかんばせの姫ではあるのだが、ひとたび堪忍袋の緒が切れるとおっかないの、おっかなくないの、手が付けられない。

さる大身旗本の娘であるお琴は、宗太郎の許嫁《いいなずけ》だ。

「琴姫さまのお耳はもちろん、殿や奥方さまのお耳にもまだ入れてはおりません。お耳に入れられましょうか、若に隠し子がおられるなどというおそろしい話を」

「それは言えんな、それがしに……」

宗太郎は腰の大小を刀掛けに置いて、あぐらをかいた。

「……それがしに、隠し子⁉」

「若、お声が大きい！　このような醜聞、これ以上、長屋や町内に知れ渡ってはお家の恥！　末代までの恥！」

「爺の方が、よほど大きな声であろう」

「なんですと、それがしの耳が遠いとでも？」

「遠い、遠くないではないわ。爺は思い違いをしている」

「シラをお切りになるおつもりですか？」

「大方、お軽どのたちから聞いたのであろう。それがしが子連れ猫神さまであるとか、男やもめであるとか」

宗太郎は喜八と膝を突き合わせて座り直し、文机《ふづくえ》の上の団扇《うちわ》を手に取った。

この団扇絵が艶っぽい美人絵ではなく、国芳の手による人に見立てた雀《すずめ》の戯画であるあたり、宗太郎がいかに色気より食い気かということがうかがい知れよう。雀焼きはうまい。

「町の噂には尾鰭背鰭が付きものよ、爺は市井というものをわかっておらんな」

「と、おっしゃいますと?」

「それがしは子連れではなく、仔猫連れである」

「仔猫連れ?」

「ひょんなことから、懐かれてしまったのだ」

そう言って、宗太郎は懐を寛げて団扇を扇《あお》いでみせた。中では、田楽がちんまりと丸まって寝息を立てていた。

「これは……っ」

喜八が絶句する。

ややあってから、声をひそめて問う。

「これは……つまり、若は猫とねんごろになって稚児ができたと?」

「爺、もうろくしたか? それがしの話を聞いていたか?」

しかし、見目だけで言えば、どうしたって白猫が錆び猫を懐に抱いている姿でしかないわけなので、爺が宗太郎と田楽を猫の親子だと頑迷に思い違いするのも、あながちいたしかたのないことなのかもしれない。

宗太郎は口下手にうちかつためにも、田楽との出会いを一から追って喜八に話して聞かせることにした。

爺は宗太郎の話を聞くとき、むかしからそうなのだが、神妙な顔つきでただ黙って相《あい》槌《づち》を打ってくれる。頑固爺のくせに、頭ごなしに突っぱねるようなことはしない。

ひととおりの話を聞き終えてから、への字口を鯉《こい》のようにパクパクさせて抹香臭い見解を述べる。

「なるほど、桃太郎のような話でありますな」

「なぬ？」

「ある日、流れてきた桃から男児が生まれ、倅《せがれ》にする老夫婦の話です。若も、ある日、水辺で男児を拾って倅になさった」

「いや、倅にはしていないが」

「この田楽、いずれ、鬼退治を成し遂げる大人物となりましょう。はて、大猫物と言った方がよろしいか」

「爺、やはりもうろくしたか？」

「若」

ここで俄然《がぜん》、喜八の声音が引き締まったので、宗太郎は団扇を動かす手を止めて猫背を伸ばした。

「市井に息づく猫、犬、鳥、虫一匹にも命がございます。愛玩動物の生殺与奪は人間次第、さすれば、愛玩ではなく愛情を持ってお育てなされ」

「愛玩ではなく……」

「家族だと思えばよろしいのです。おそれながら、我が殿と奥方さまはよんどころない仕儀によって、ただ今はそれは大きな白猫を倅にしております」

「爺……」

「かく言うそれがしも、ただ今は大きな白猫にお仕えしております。しかれど、幼少のみぎりより大切にお育て申しあげた若であれば、見目の変化など瑣末《さまつ》なこと」

今度は、宗太郎が絶句する番だった。離れていても、おのれは多くの人の深い愛情に包まれているのだということがじんと伝わってきた。

「あぁ、そうでした。隠し子騒動に狼狽《ろうばい》するあまり忘れるところでしたが、こちらはいつもの差し入れでございます」

喜八が差し出す千鳥模様の風呂敷は、今日もぱんぱんに膨らんでいる。

「殿からは煮干しと鰹節《かつおぶし》と宗田節《そうだぶし》、奥方さまからは襦袢《じゅばん》や褌《ふんどし》もろもろ」

ありがたいことだ。いささか、父上からの差し入れが猫の好物に偏り過ぎている気がしないでもないが、言わないでおこうと宗太郎は思った。

「それがしは若が田楽を倅にすると決めたのであれば、異は唱えません。殿と奥方さまにも、奇妙奇天烈な孫ができた旨を喜んでお伝えいたしましょう」

喜八が枯れ木のような手で、田楽の頭を撫でる。その顔は、宗太郎がこれまで見たこともないほどにやさしげなものだった。

そのやさしげな顔のまま、喜八が宗太郎を見つめる。

「ですが、若、よくお考えになることです。若にとって、猫の手屋とは哀れな命を救うためのお救い小屋なのでしょうか？　今の若が、鬼退治を成し遂げるまでに立派な倅を育てられましょうか？」

「むむっ」

「命を育てるということは、おのれの命を差し出すこと、それほどの覚悟が必要となりましょう。それがしは、そのつもりで若をお育て申しあげました」

喜八が、畳に手をついて白髪頭を下げた。

「若。愛玩と愛情について、今一度、よくお考えになっていただきとうございます」

表通りからは『金魚ぉー、エ、金魚ぉー』と、甲高い声で金魚を売る棒手振《ぼてふ》りの声が聞こえた。金魚一匹にも、命はある。

「……爺、面《おもて》を上げよ」

「はっ」

「爺の言いたいことは、あいわかった。桃太郎が鬼退治を成し遂げたように、それがしにも成し遂げなければならない本懐がある」

宗太郎はあずき色の肉球のある手で田楽の顎下をさすりながら、考える。

国芳にも言われたはずだ。

『猫の手屋は町の人らに〝猫の手〟を貸すのが仕事でしょう』

そして、猫にもしつけが必要であると教わった。

お軽や文字虎はどうだろう。ふたりが田楽を見る目は、やさしさと厳しさをあわせ持った母親の目だ。母親が子を見守るように、田楽を見守っている。あのふたりがいなければ、宗太郎は仔猫に重湯と水飴を与えることすらわからなかった。

ふと、思い出す。川澄佐内《かわすみさない》は、まる、という犬を家族にしながらも、見事に武士の本懐を遂げた。命のやり取りをする日々に身を置いていたからこそ、佐内は今もなお命がけでまるを育てているのかもしれない。

「ミー」

目を覚ました田楽が、懐の中で伸びをする。

「ミー」

「それがしは朴念仁ゆえ、田楽がもっとも幸せになれるように差配したい」

「ミー」

何をしゃべっているのであろう？　田楽と話ができればいいのだが、と宗太郎は思った。三光稲荷で夜な夜な催されていると思われる猫の祭りに出ることができれば、猫の言葉がわかる。しかし、わかったところでいかがする。

言葉が通じなくても、親ならば赤ん坊を育てる。

言葉は二の次、そうなのだとしたら、二の前には一体何があるのであろうか？

四

「おっかしいねぇ、また足りないねぇ」

「いかがしましたか、吉蔵《よしぞう》さん」

「おや、猫先生。おはようございます」

「宗太郎です、おはようございます。何かお困りでしたら、猫の手を貸しますぞ」

翌朝、番太郎の吉蔵が長谷川町の木戸番小屋の前で首をひねっていた。

「いやね、困るってぇほど困っちゃいねぇんですけどね。ここんとこ、どういうわけなんだか荒物がちょいちょい消えるんですよね」

「なんですと、荒物が？」

「たとえば、ここにぶら下げた草鞋《わらじ》なんかですね」

と言って、吉蔵が木戸番小屋の柱にぶら下げてある草鞋の束を指差した。

木戸番小屋に住みこんで木戸の番をする番太郎の給金は、町内費から払われることになっている。しかし、それだけでは十分とは言えないため、番太郎は昼間は飴玉やおこしのような駄菓子のほか、鼻紙、もぐさ、蠟燭《ろうそく》、箒、草鞋、草履といった荒物などを売って生計《たつき》の足しにしていた。

ちなみに、宗太郎が先日浜町堀で飛ばした編み笠も、今被っている真新しいこれも、吉蔵の木戸番小屋で買ったものだ。

そうした荒物の一部が、店前からちょいちょい消えると言う。

「聞き捨てなりませんな。お代を払わずに、草鞋だけ持って行ってしまう輩《やから》がいるということですか？」

「そうですねぇ、ちょうどお盆で地獄の釜が開いていやがるんで、幽霊のしわざかもしれませんねぇ。あぁ、でも、幽霊なら足はねぇですねぇ」

だったら草履なんぞいらんですな、と吉蔵は困っているとも、おもしろがっているとも取れるような軽口を叩《たた》いていた。

草鞋は一足十六文程度といったところ、吉蔵の番小屋では安めの十二文で売っていた。雀の涙ほどの収入ではあるが、それにしたって塵《ちり》も積もれば山となる。

「近所の腕白坊主のいたずらですかな？」

「どうでしょう。猫先生、つい最近、このすぐ横の太郎次郎長屋に仔犬が生まれたのはご存じで？」

「太郎次郎長屋……。ははぁ、お軽どのがそんなこと言っていましたな」

「仔犬ってぇのは腕白ですからね、いろんなもんに食い付くんです。柱から草鞋の長い緒が垂れてるのを見て、じゃれ付きたくなるんですかねぇ」

「ほう」

「あるいは、前にもこんな風に店前から荒物が消えたことがあったような気もするんですけどねぇ。あんときの咎人《とがにん》は誰だったか、さぁて、ここんとこ覚えが悪くていけねぇです」

　吉蔵が、節張った手で盆のくぼを叩きだす。これは町の生き字引が、長い頭の中にしまってある、町内のあらゆるむかし話を思い出しているときの仕草だ。

「あっ」

「何か思い出しましたか？」

「いんや、さっぱり。それより、猫先生はこれからどちらへ？　今日は田楽は一緒じゃねぇんですかい？」

「ええ。これから大伝馬町の三升屋さんのところで、庭池の亀の甲羅干しに猫の手を貸すことになっていまして」

「はい？　何に猫の手をお貸しなさるって？」

「庭池の亀の甲羅干しです」

吉蔵は首をひねっていた。宗太郎も三升屋の手代からこの話を受けたときに、まったく同じように首をひねったものだ。

とんちんかんな依頼だが、平左衛門からの依頼はあらましとんちんかんなので深く考えないことにしている。

「三升屋さんのところには大層な三毛猫がいるため、仔猫といえどよそ者を連れてお邪魔するのもどうかと思いましてな、今日は田楽を三光稲荷の千代紙……、いや、縁側に預けてみました」

「あぁ、あの古株の鉢割れ猫ですかい。そりゃいい。子どもも仔猫も仔犬も、ちいせぇうちはちいせぇモン同士で揉《も》んだ揉まれたした方が鍛えられます」

「そういうものなのですか？」

「や、わからねぇですけどね」

なんだ、わからんのか。

「あっしにはガキがいねぇんでわからねぇですけどね、その分、これまでいっぺぇ他人《ひと》さまの子を見てきましたよ。長谷川町って土地柄、仔猫も仔犬もね」

宗太郎は空っぽの懐に手を添えて、神妙に吉蔵の話に聞き入った。

「親はなくとも、子は育つ」

「はい？」

「親があれこれ手出し口出ししねぇでも、なんとかなるもんですって。仔猫や仔犬はとりわけ、人があんまり手心加えちゃいけねぇんです」

「なるほど」

少し考えてから、そうかもしれませんな、と宗太郎は小声で言ってうなずき返した。

宗太郎にも子どもがいないので、何が正解で、何が失敗か、正直なところよくわからない。

「おっと、引き止めちゃいけませんね。それでは行ってらっしゃい、猫先生」

「宗太郎です、行ってきます」

宗太郎は編み笠を指先で軽くつまみ上げて吉蔵に会釈をすると、やけに寒々しい懐を右手でさすりながら大伝馬町を目指した。

田楽を懐に抱いて歩いていたときは暑くてかなわなかったはずなのに、いないとなるとこうも凍えるものだとは知らなかった。夏の昼下がりに凍えるという表現もどうかと思うが、心の臓の裏っかわがスウスウしてたまらなかった。

「田楽は千代紙一家の末弟として、うまくやっているであろうか……」

気になって、宗太郎は何度も後ろを振り返ってみてはいるものの、田楽が追いかけてくる気配はない。安心しろ、とおのれに言い聞かす。

「……千代紙がそばにいれば、なんの心配もいらん」

猫を苦手としていた宗太郎が、野良猫一匹にここまで一目置くのもおかしな話だが、餅は餅屋ということ。

朝の早いうちに、三光稲荷の境内で二匹を引き合わせたとき、

『ブニャア』

と、例によって千代紙は野太い声で鳴いた。

その声にも図体の大きさにも田楽は驚いていたが、すぐに太鼓持ちの雉猫《きじねこ》の兄弟がやって来て、お互いのにおいを嗅ぎ合ったり、ちょっかいを出し合ったり、あっという間に一家に馴染んだようだった。

吉蔵の講釈もあって、これでよかったのだ、と宗太郎は改めて思う。肩の荷が下りて安堵している。

それなのに、なにゆえ、こうも心の臓の裏っかわがスウスウするのであろうか？

暖めてみようにも、手の届かない場所なのがいやらしい。

「さて、仕事であるぞ」

庭池の亀の甲羅干しに、猫の手を貸さなければ。

「それがしは猫の手屋宗太郎、今できることは善行を積むことのみ」

世のため、人のため、そして、猫のため。

ぶつぶつと声に出して繰り返し、宗太郎は大股でさっそうと大門通りを北上するのだった。

庭池の亀の甲羅干しに猫の手を貸す仕事は、やはりとんちんかんな依頼だった。

太物問屋三升屋は、間口が十間もあれば大店と呼ばれるところ、二十間近くはあろうかという大店中の大店だ。その贅《ぜい》を尽くした庭池には三匹の亀が棲《す》んでいたが、宗太郎が手を貸すまでもなく、亀たちはそれぞれ勝手に岩場で甲羅を干していた。

白猫姿の宗太郎を猫神さまと崇《あが》めたてまつる平左衛門と、店者《たなもの》一同が、ただ泡雪の毛皮に両手を合わせたいがためだけに呼ばれたようなものだった。

いや、それとあともうひとつ、おそらくこちらの方が真の目的なのだろう。

若き主の平左衛門は、離れて暮らす一粒種の近況を知りたがっているようだった。

思い返してみると、これまでも三升屋に足を運ぶたび、平左衛門から遠慮がちに縁の者たちの暮らしぶりについて何度となく訊かれていた。情けないことに、これまでの宗太郎は親心をまったく察してやることができなかった。

今なら、平左衛門の気持ちが痛いほどわかる。離れていても気にかける、これが喜八の言っていた愛情というものなのだろう。

結局、この日は、半刻（約一時間）ほどで三升屋から解放された。

昼前には長谷川町へ戻ってくることができた宗太郎は、田楽の様子が気になって長屋へ帰るより先に三光稲荷に立ち寄った。

「田楽、いるか？」

行儀よく編み笠を脱いでから鳥居をくぐり、招き猫が奉納されている境内を見回していると、

「ミー」

と、すぐに祠《ほこら》の縁の下から錆び色の毛玉が飛び出してくる。

「ミー」

大きく口を開けてめいっぱい鳴く顔には、蜘蛛《くも》の巣が付いていた。

「田楽、どこで遊んでいたのだ。顔も身体もひどいありさまであるぞ」

宗太郎があずき色の肉球のある手で丁寧に蜘蛛の巣を払ってやると、田楽はうっとりと目を細めて喉を鳴らし出した。

「そうか、気持ちがよいか。よちよち」

と、つい猫相手に赤ん坊言葉を発してしまっているおのれに気づき、愕然《がくぜん》とする。

「いかん、いかんぞ。それがしは武士であろう」

宗太郎はきょろきょろと周囲を見回し、誰にも聞かれていないことを確認した。

三日月長屋のおかみさん連中ではあるまいし、猫に赤ん坊言葉で話しかけているなどということは、甘い物を好物としていること以上に、誰にも知られてはいけない恥部だと思った。

なぜなら、武士とは四角四面であらねばならないからだ。

「ブニャア」

「おう、千代紙。田楽が世話になった」

図体のでかい鉢割れの猫が、祠の階《きざはし》で泰然と香箱《こうばこ》を組んでいた。

「ニャー」

「ニャー」

「雉猫の兄弟、そこもとらにも礼を言う」

足もとに集まってきた三光稲荷の野良猫たちに、宗太郎は律儀に頭を下げた。

少し前の宗太郎なら、こうも足もとに猫たちがすり寄ってくれば、鳥肌立てて叫んでいただろう。そんなむかしがあったことすら、もはや忘れていた。

そんな中、田楽が何かを思い出したように縁の下へ向かって歩き出した。

宗太郎がじっと金色の目で追っていると、何やらくわえて戻ってくる。自分の体軀よりも大きな物だ。

「これは……」

草鞋だった。

田楽は宗太郎の足先に、誇らしげに草鞋の片足を置いた。続けて、今一度縁の下に戻り、もう片一方も持ってくる。

「田楽、これは？」

「ミー」

履きつぶされて捨てられたのではなく、稲穂の香りがする真新しい草鞋だった。

「どこから持ってきた？」

「ミー」

田楽はかわいらしく小首を傾げ、青みがかった目で宗太郎を見上げていた。

吉蔵の木戸番小屋から荒物が消えるという話を今朝がた聞いたばかりで、今まさに、そうした荒物が目の前にある。

これは、偶然か？

柱から草鞋の長い緒が垂れているのを見て、思わずじゃれ付きたくなるのは、何も仔犬だけとは限らない。

宗太郎が着替えをしているときなど、田楽はよく袴紐《はかまひも》にじゃれ付いてくる。文机や箪笥《たんす》を伝って、梁に干した手拭いや褌に飛びかかっては爪で器用に落としたりもする。

「田楽、この草鞋をどこから持ってきた？」

宗太郎の声音が平常よりもぐっと低くなったことに感づいたのか、田楽が一層小首を傾げた。

さらに一足、続けてもう一足、雉猫の兄弟までもが得意げに縁の下から草鞋を運び出してくる。

「そこもとら……」

宗太郎の身体中を、熱い血潮が駆けめぐった。泡雪の毛皮が逆立っていくのが、おのれでもわかった。

「この草鞋は、どこにあったものか！　どこから持ってきたか！」

くわっと牙を剝《む》いて怒鳴ると、田楽が仰向《あおむ》けにひっくり返っておったまげた。

「吉蔵さんの木戸番小屋から持ってきたのか？　これは売り物だ、じゃれ付いて持ち去っていいものではない」

「ミー」

田楽の細いしっぽは、すっかり腹についていた。

「ミー」

錆び色の毛皮を小刻みに震わせ、物言いたげな上目遣いで宗太郎を見ていた。

そんな顔をしても、許されない。

悪いことをしたのだから、叱られて当然。

「千代紙、見損なったぞ」

宗太郎は肉球がつぶれてしまいそうなほど強く左右の手を握り締めて、一家の頭領を見据えた。熱を帯びた血という血が顔に集まり、耳の血管は今にも切れそうだった。

そんな白猫を、鉢割れ猫は腹立たしいほど静かに見つめていた。

「三光稲荷の千代紙一家には泥棒猫などいないと一目を置いていたのに、この草鞋はどういうことか？」

「ブニャア」

「田楽を、そこもとに預けたのが間違いであった。所詮は猫、犬にも劣る生き物に義侠《ぎきょう》心《しん》などあろうはずもないのだ」

お前さんだって猫じゃねぇのかい？

そう、千代紙の目が言っている気がしたが、

「それがしは猫ではない！　武士である！」

宗太郎が再び牙を剝いて怒声を発すると、雉猫の兄弟が右と左の脛《すね》にそれぞれ食いついてきた。

「ぬ、何をするか！」

「シャー！」

「シャー！」

二匹は気負い立って、威嚇の声をあげていた。

それを横目に、音もなくしなやかに階から地べたへと下り立った千代紙が、ひっくり返ったままの田楽の前に座りこむ。

まるで、宗太郎から庇《かば》うような仕草だった。

田楽が、それにすがるようにすっと身を隠した。

プツン、と。

このとき、宗太郎の中で何かが音を立てて切れた。堪忍袋の緒だろうか、張り詰めていた心の糸だろうか、おのれでもよくわからない。

ただ、頭に上っていた血の一滴一滴が、明け方の星のようにすっとどこかへ消えてなくなるのだけはわかった。

「もういい、勝手にしろ」

手にしていた編み笠で脛の雉猫の兄弟を追い払って、宗太郎は三光稲荷の境内を出ようとした。

「ミー」

鳥居の真下まで来たところで、背中から田楽のか細い声が聞こえた。

てっきり、宗太郎は田楽が後を追いかけてきているのかと思ったので振り返ったのだが、錆び猫は千代紙の背中に隠れたままだった。

青みがかった目が、怯えたようにおのれを見ていた。

宗太郎は無言のまま千代紙一家のそばまで舞い戻ると、落ちている草鞋をひったくって、今度こそ境内を出ていくのだった。


肩を怒らせて三光新道を歩く宗太郎に、なんハ屋つるかめの店奥からお軽が声をかけてきた。

「ちょいと、猫太郎さん。どうしたのさ、おっかない顔して」

「放っておいてくだされ」

「ほっとけないから声かけてんじゃないのさ、何かあったのかい？　そんなちっぷかっぷと怒りを煮え立たせてちゃ、どっからどう見ても化け猫だよ」

それがしは化け猫ではありません。

と、いつものように言い返すことなく歩を進めていると、お軽が前掛けで手を拭きながら縄暖簾の外まで出てきた。

「はい、通せんぼ」

そう言って、新道の真ん中で濡れた両手を広げる姿は、鶉《うずら》が翼を広げる姿そのものだった。

「おや、今日は懐に田楽がいないんだね」

「知りません、あんな恩知らず」

「なんだい、親子喧嘩かい？」

「それがしと田楽は人と猫、親子ではありません」

「いいね、もっとやるといいよ。親子でも夫婦でも、飽きるまで喧嘩して家族になっていくんだ」

「家族に……なっていく？」

　暇さえあれば、いや、暇がなくても亭主の三郎太と、犬ならぬ猫も食わない夫婦喧嘩をしているお軽の言葉だけに、言わんとしていることが気になった。

「そうさ、家族になったら、それで終わりじゃない。なってからも、家族でいるために体当たりしなきゃならないことはいっぱいあるんだから」

「家族でいるために……」

　宗太郎は猫背になって、空っぽの懐を見つめた。

　それがしは、田楽と家族になりたいのであろうか？

「違う……」

「ええ？　なんだい？」

「……いえ。お軽どの、これを吉蔵さんの木戸番小屋に返しておいてもらえますか？」

「なんだい、この草鞋？　猫太郎さんが内職で作ったのかい？」

お軽は真新しい草鞋の束を見て眉間に皺を寄せはしたが、それ以上は深く訊いてくることなく、快く引き受けてくれた。

「御免」

逃げるようにして、宗太郎は三日月長屋の木戸をくぐった。

おのれの九尺二間に飛びこむと、腰の大小を畳に直《じか》に放り出し、おまけに手足も大の字に投げ出して寝転んだ。

蟬時雨《せみしぐれ》、裸足《はだし》で走る冷や水売りの足音、金魚売りの甲高い声、子どもたちがうたうわらべ唄、文字虎が爪弾く三味線の調べ。

三日月長屋にはいろいろな音が聞こえてくる。

すぐそばの三光稲荷からは、猫たちのにぎやかな鳴き声もする。今ごろ、あンのクソ生意気な末弟め、と千代紙一家からけちょんけちょんに言われているのかもしれない。

「それがしは、田楽と家族になりたいのであろうか？」

違う。

「それがしは、もう家族になったつもりでいたのだ」

そこにあるのは愛玩か、愛情か、心の襞《ひだ》の細かい部分は朴念仁の宗太郎にはわからないが、絆《きずな》のようなものはあると思いこんでいた。

だから、一端の親を気取って叱った。それなのに、田楽はそれがしを怖がり、千代紙の後ろに隠れてしまった。

絆だと思っていたものが、あっけなく切れた。

千代紙一家を見損なったのではない。

それがしは、おのれを見損なったのだ。

「人でもない、猫でもない。親でもない。……情けないっ」

宗太郎は目をつぶり、今日は一日不貞寝《ふてね》をしてやろうと決めこんだ。猫は昼間は眠くてたまらない生き物なので、横になったらすぐにうつらうつらすることができる。

ひとりで寝るのは久しぶりだ。もう懐の田楽を気にして、寝返りを我慢しなくてもいい。なんなら、うつ伏せで寝てしまえ。

四畳半をごろごろと転がっていると、手が壁際の小鍋に触れた。

「…………」

猫は昼間は眠くてたまらない生き物なので、横になったらすぐにうつらうつらすることができる。

「…………」

猫は昼間は眠くてたまらない生き物なので、

「………」

横になったらすぐにうつらうつらすることが、

「できん！」

宗太郎は七輪の上のあたりめのようにくるりと跳ね起き、あぐらをかいた。

団扇を手にして懐を扇ぎながら、見るとはなしに小鍋を見やる。

「こんな狭いところの、何が気に入ったのか」

そして、懐を見る。

「こんな暑苦しいところの、何が気に入ったのか」

耳を澄ますと、遠くの雷鳴が聞こえた。

「遠雷か……、長谷川町も降るかもしれんな」

盆過ぎて、暑さは格段にやわらいでいた。夕立がすぎれば、びっくりするほど涼しくなるかもしれない。

「迎えに行くか」

田楽を。

田楽は鳴神が苦手だ。ちゃんと懐に抱いておいてやらないと、下《しも》の粗相をする。

それがしに怯えて長屋に帰って来られないといけない、と宗太郎は気を揉んだ。悪いことをしたら叱らなければならないが、もう少し叱り方があったのかもしれない、と反省もした。

これが人の子どもなら、どうして銭を払わずに草鞋を持ち去ってしまったのかを訊き出し、なぜ銭を払わずに草鞋を持ち去ってはいけないのかを言い諭すこともできるだろうが、猫相手ではそれもかなわない。

かと言って、

『勝手にしろ』

と、捨て台詞を吐いてしまっては、匙《さじ》を投げたも同然。思うようにいかないことを投げ出したとあっては、何も解決はしない。それこそ、武士の名折れである。

千代紙たちにも、やってよいことと悪いことの線引きをしてもらいたかった。

「よし」

千代紙一家と顔を合わすのは気まずいが、このまま田楽が野良猫になってしまうようなことがあってはいけないので、宗太郎は恥を忍んで三光稲荷に舞い戻った。

外に出た途端、ひげがいやに重く感じたということは、夕立が思いのほかすぐ来るのかもしれない。

「急ごう」

前のめりになって飛びこんだ三光稲荷の境内だったが、誰もいなかった。

「田楽、どこだ？」

何度か呼んでみたが、転がるようにして錆び色の毛玉が飛び出してくることはなく、耳を澄ましてみても、先ほどまであれだけにぎやかだった猫の声ひとつしなかった。

「田楽、夕立が来るぞ」

稲荷の赤い幟《のぼり》の陰も見て回ったが、どこにもいない。

町内をさがしてみるか、と宗太郎が境内を立ち去ろうとしかけたとき、

「ブニャア」

と、どこかで千代紙が鳴いた。

「む、千代紙がいるのか」

振り返ると、千代紙と雉猫の兄弟たちは夕立を察したのか、ちゃっかりご神体の納められている祠の中に逃げこんでいた。

「こらこら、そんな罰当《ばちあ》たりなところへ入るでないぞ」

「ブニャア」

「いやまぁ、しかし、衆生《しゆじよう》の雨宿りだと思えば、稲荷の神も許してくれるか」

宗太郎は近寄って、祠の中をのぞきこんだ。おしくらまんじゅうのごとく、結構な数の猫が押し合い、へし合いしていた。

そこに、田楽はいなかった。

「千代紙、田楽はどこにいる？」

「ブニャア」

ブニャア、ではわからん。

雉猫たちは、まだ先ほどの気負いが抜けていないようで、しきりに宗太郎に向かって威嚇声を浴びせていた。威勢のいい兄弟だ。

そんな威嚇声を薙《な》ぎ払うように、鳴神が駆け足で近寄ってくる気配がする。

こんな空模様の中、田楽はどこへ行ってしまったのだろう。それとも、すでに耳に聞こえる雷鳴が恐ろしくて、どこか別の場所に隠れて震えているのかもしれない。

何しろ、この祠は満員御礼のようであるからな。

ゴロゴロゴロ……。

近い。もう遠雷と呼ぶには、それほど離れているとは思えないところで鳴神の小太鼓が鳴っていた。

すると、突然、ピクリと耳を動かした千代紙が祠を飛び出してきた。

「千代紙、いかがした？」

「ブニャア」

鉢割れ猫の耳は、前に後ろに忙しなく動いていた。これは、人には聞こえないかすかな何かを懸命に聞いているときの仕草だ。

一家のどの義兄弟よりも立派なひげは、熊手のように力強く前へ向かって広がっていた。気になってならない何かを掻《か》きこもうとしている状態だ。

そうして、

「ブニャア！」

と、いつもよりも鋭く鳴いたかと思った次の一拍には、千代紙は地べたを蹴って走り出していた。

「どこへ行くか、千代紙！」

夢のように速い。

図体がでかい分、あやつめ動きは鈍いのであろうと高をくくっていた宗太郎だったが、とんでもない。燕《つばめ》かと見紛《みまが》う俊敏さだ。

千代紙に続いて、雉猫の兄弟も駆け出していた。間もなく夕立が来るであろう空の下を、千代紙一家が東へ向かって飛ぶように走っていく。

宗太郎も走った。千代紙を見失わないように、これまでの人生において、おそらくもっとも本気の全力疾走となるだろう。

なんとなく、千代紙の向かった先に田楽がいる予感がしていた。

すれ違う町の面々が何ごとかと振り返り、『猫太郎さんじゃないのかい？』『おや、猫先生』と声をかけてくれる人もいたが、宗太郎の足が止まることはなかった。

千代紙が向かったのは、浜町堀だった。

「ここは……」

高砂橋手前の上空で、ギャアギャア、とカラスたちが騒いでいた。大きな松の木のそばで、何羽ものカラスが空から河岸目がけて急降下と急上昇を繰り返しているこの光景に、宗太郎は見覚えがあった。

「……まさか、あの下に田楽が⁉」

宗太郎は今日一番の踏ん張りで、草いきれのする土手下へと駆け下りていった。膝丈の夏草は、湿気を帯びてむんむんと熱気を放っていた。

「田楽！」

「ミー」

「もう大丈夫ぞ、怪我はないか！」

「ミー」

そこは、宗太郎が田楽を拾ったのと同じ雁木だった。あのときと同じように、田楽は大きなカラスに囲まれて動けずにいるようだった。

宗太郎は、つんのめるようにして田楽を抱きかかえた。錆び色の小さな身体はあちこちの毛皮をむしられていて、ところどころ血がにじんでいた。

「カラスめ！　何ゆえ、弱い者いじめばかりするか！」

今の宗太郎は三光稲荷までのつもりで外に出たので、編み笠を被っていなかった。編み笠があれば、それを振り回してカラスを追い払うこともできただろうに。もしくは、先日のように傘があればよかった。

腰には大小があるが、剣客として腕に覚えがあるだけに、滅多なことでは鯉口《こいぐち》は切らないと決めている。

「お武家さま、お気をつけなさってー。そこのカラスどもは乱暴を働くでよー」

川面《かわも》から、土手下の騒ぎに気づいた船頭たちが声を張りあげてくる。

「あっしらも、そこのカラスどもには積み荷を襲われて迷惑しとるでなー」

「あれまー、お武家さまかと思ったらお猫さまかいなー」

そんな声も聞こえてきたが、今は取り合っている暇はない。

宗太郎は田楽を懐深くに抱き入れると、足もとの石くれを拾って空へ放り投げた。もちろん当たらないようにだが、カラスたちは度を失っているらしく、石くれにもまったく動じることがなかった。

「なんと、いかがしたものか」

たじろいでいると、宗太郎の横をすり抜けた千代紙が腹の底から出したような鳴き声を発する。

「ブニャア！」

そして、その勢いで、土手に生える一本の松の木によじ登っていった。

「千代紙、危ないぞ！」

しかし、余計な心配だったようだ。千代紙はでかい図体を物ともせずに、あっという間に頂上付近までよじ登ると、手際良く木の幹から何かを蹴り落としだした。

「むむ？」

果実のようにぼとぼとと木の上から落ちてくるもの、それは真新しい草鞋だった。

「草鞋がこんなに、どういうことか？」

よく見ると、ほかにもいろいろな物が落ちてきていた。手拭い、漁網、錦絵、蒔絵《まきえ》の櫛《くし》、絵筆、最後にとりわけ大きな何かがドスンと地面に転がった。

「これは、カラスの巣……？」

草鞋の稲穂を敷き詰めてできたお椀《わん》型の巣らしき物の中には、緑青《ろくしよう》色の卵が四つほど入っていた。鶏の卵は白や茶色だが、これはずいぶんとあざやかな色をしている。重さも大きささもあるようだった。

「ほう、カラスは卵も黒というわけではないのだな」

カラスは初夏から夏にかけて巣作りをし、雛を育てる。時期的にすでに多くの雛が巣立った後だろうが、ここのカラスはまだ抱卵中らしい。

「カッカッカッカッ」

と、雛猫の兄弟が普段と違う鳴き声をあげて卵に突進するのに気づいて、宗太郎は大慌てでカラスの巣を持ち上げた。猫が口を四角く開くこの鳴き方は、獲物を見つけて興奮しているときのものだ。

「カッカッカッカッ」

「これには手を出してはいかんぞ、そこまでにしてやれ」

「カッカッカッカッ」

「田楽をいたぶったカラスらを許すことはできないが、ここには新たな命がある。これだけは親鳥に返してやろう」

緑青色の卵を指先で突っついてみると、しっかりと温かかった。

宗太郎はカラスの巣を小脇に抱えて、松の木の上の千代紙を見上げた。

「千代紙。吉蔵さんの木戸番小屋から草鞋を持ち去っていたのは、そこもとらでなく、太郎次郎長屋の仔犬でもなく、ここのカラスたちだったのであるな。巣作りに、草鞋の稲穂がちょうどよかったのであろう」

「ブニャア」

「千代紙一家は、それを知って、カラスから草鞋を取り返してくれたのか？」

季節の終わりの巣作りで、手ごろな材となるものが少なかったのか、カラスたちは手当たり次第に目についた物をかっさらってきていたようだった。中でも、草鞋の稲穂はやわらかくて重宝したのだろう。

「先ほど、田楽がそれがしに草鞋を見せてくれたのは、取り返してやったぞと胸を張っていたのであるな?」

「ミー」

抱卵中で気が立っているカラスたちは、いつも以上に乱暴になっていたに違いない。そんな中へ、こんな小さな体軀で挑むとは。

宗太郎は、空いている右手で懐の田楽の頭をやさしく撫でた。

「それがしの目は節穴であるな。真を見ようとせず、頭ごなしに叱りつけてしまった。すまない、申し訳ないことをした」

「ミー」

「田楽、よくやった。おのれの体軀よりも大きなカラスに立ち向かうとは、武勇の誉れであるぞ」

「ミー」

雨が降り出した。

宗太郎の毛深い顔は、しとどに濡れていた。

「夕立に追いつかれたか。みな、雨宿りを……」

そう言いかけて、宗太郎は気づいた。

雨はまだ降り出していない。鳴神も、いつしかまた遠くの空へ帰っていってしまったようだ。濡れているのは、おのれの眼前だけだった。

あずき色の肉球のある手で顔を触ってみて、あぁ、そうか、と納得する。

宗太郎は泣いていた。

懐の田楽が誇らしくて、そして、どうしようもなく胸が切なくもあって、涙が太郎雲のように次から次へと目もとの稜線《りょうせん》を越えて湧き上がり、頬を濡らすのを止められなかった。

武士が涙を流すとは、けしからん。涙とは、心で流すものである。

これまでずっと、そんな風に考えてきた宗太郎だったが、今だけは存分に泣いてしまおうと思った。

今のそれがしは、武士ではなく猫であるから。

猫が泣いているだけであるから。

「ミー」

田楽も鳴いていた。

泣くと、鳴くは、何が違うのであろうか?

「ありがとう、田楽」

こんがらがった今の思いの丈をひと言で言い表すとすれば、ありがとう、このひと言に尽きるような気がした。

松の木の上では、千代紙が威風堂々と長いしっぽを揺らしていた。

それが二股に割けているように見えるのは……、きっとそう、涙のせいであろう。

五

月のない夜だった。

その分、星がきれいな夜でもあった。

宗太郎は星明かりだけを頼りに、三光稲荷の賽銭箱《さいせんばこ》に財布に入っていたありったけの鳥目《ちょうもく》をすべて投げ入れた。

鰐口《わにぐち》を打ち鳴らすのは、もういい夜更けなので遠慮しておいた。

かしわ手だけは大きく打つつもりだったが、あずき色の肉球が邪魔をして気持ちのよい音が鳴らなかった。

「やむを得んな」

百の善行を積んで、いつの日か元の姿に戻ったときに、天まで届くかしわ手を打ってやろうと心に誓う。

「白闇よ」

宗太郎は、人気も猫の気配もない境内の闇に向かって呼びかけた。

「どうせ、近くで見ているのであろう？　姿を見せるがよい」

境内は、星のまたたきの音が聞こえそうなほどに静かだった。

不自然な静けさだ。こういう晩は、境内の結界の中で、猫たちが祭りを開いているに違いない。

「白闇よ」

「若造」

「おお、白闇か？　どこか？」

「ここぞえ」

声がしたのは、背後の鳥居の上からだった。

金色の目をこらすと、闇ににじむようにして、煙管《キセル》を手にした黒猫が鳥居に腰かけているのが見えた。

「そこもとは、またそんな罰当たりなところで木天蓼《またたび》を呑《の》んでいるのか」

「今夜も境内は、踊っておる猫どもでいっぱいなのでな」

「そうか、やはり今夜も猫の祭りをしているか」

宗太郎はぐるりを見回し、三つ鱗の形の耳をそばだてた。

頭に手拭いをのせて踊る二本脚の猫たちが、飲んで、うたって、ひたすら踊る猫の祭り。奇妙奇天烈な白猫姿に身をやつしてはいるものの、宗太郎は間違いなく人なので、猫の祭りをのぞくことはできない。音曲《おんぎょく》も聞こえない。

けれども、確かに境内で猫の祭りは催されているのだ。

「千代紙も踊っているのか？」

「あやつはもう踊らなくとも、十分に生きておる」

それは猫股《ねこまた》になる日も近いということなのだろうか、と宗太郎はいつぞや松の木の上で見たしっぽを思い描く。

「では、雉猫の兄弟は？」

「あのふたりは、まずは二本脚で立つところから修行するべきぞ」

「なるほど」

猫が二本脚で立つには、それなりの修行がいるそうだ。そこからさらに修行を積んで、猫はいつか人に化けられるようになると言う。

「そう言えば、川向こうの深川には、わしとは別の猫股がおってな。子だくさんの口やかましい婆猫《ばばねこ》ぞ」

「そこもとは爺猫であろう」

「婆猫が言うてたわい。新入りのちびは、踊りの覚えが早いそうな」

「ほう」

「二本脚で歩くようになるのも、存外早いかもしれん」

「ほう……」

宗太郎は生返事をしながら、星月夜を見上げて空っぽの懐に手を入れた。

田楽は今、深川海辺大工町にいる。

刀剣屋一丸屋のお絹が田楽の里親になりたいと申し出てきたのは、かれこれ十日ほど前のこと。浜町堀でカラスの巣から草鞋を取り返した騒動の、翌日のことだった。

お軽や文字虎は、里親に出すくらいなら三日月長屋のみんなで一緒に育てればいいと言った。

国芳は、大店の里子になれるんなら結構な話じゃないですかい、と前向きに考えるようにと助言をくれた。

三升屋平左衛門は、わたくしが里親になりましょう、と言い出して、先住の三毛猫に思いきり頰を引っかかれたと聞いている。

いろいろな助言をもらったが、宗太郎の中で答えはすぐに出た。

『お絹坊、田楽をよろしく頼む』

宗太郎の田楽への思いは愛玩などではなく、間違いなく愛情であった。

それだからこそ、これ以上はそばに置いておけないと思った。

宗太郎は、いずれは人に戻る身。三日月長屋で猫の手屋宗太郎でいられるのは、百の善行を積むまでの仮初《かりそ》めのひとときでしかないのだ。

仮初めに、田楽を巻きこんではいけないと考えた。終《つい》の棲家《すみか》を見つけてやらなければならない。

それでも、田楽が嫌がれば無理強いはしないつもりだった。

一丸屋に小さな命を届けた日、宗太郎はひと晩中、寝ずに小名木川の南河岸で周辺の様子をうかがっていた。国芳の画室から逃げ帰って来たことがあったように、もしも、田楽が三日月長屋へ戻ろうとしたならば、一も二もなく懐に入れて連れ帰るつもりでいたのだ。

しかし、朝日が昇って鶏が鳴き、蟬が鳴き出す時分になっても、田楽が一丸屋から出てくることはなかった。

田楽は賢い仔猫だ。事情を察して腹をくくったのかもしれないと思うと、宗太郎の胸はまたどうしようもなく切なくなった。

「深川の新入りのちびは、いつか人に化けられるようになったら、猫の手屋を開くとうそぶいておるらしいぞえ」

「猫の手屋を?」

「てて親の懐を見て、そう思ったそうだわい」

「それを言うなら、背中であろう」

「ちびのてて親というのは、どこぞの誰のことであろうな」

「そうであるな、どこぞの誰の倅であろうな」

「最近、倅を里親に出した白猫を一匹知っておるが、そやつかのう」

「そやつかもしれんな」

黒猫が煙管を手に、くっくっ、と笑う。

田楽の本当の両親はどこにいるのであろうか、と宗太郎はとりとめなく考える。

そもそも、家族がはっきりしている野良猫や野良犬は少ない。人の都合で捨てられた仔猫や仔犬は、ひとりきりで生きていかなければならない。

そういう意味では、千代紙一家にとっては義兄弟こそが家族なのかもしれない。

そして、人に飼われている猫や犬は、飼い主が家族になる。そこにあるのは愛玩か、愛情か、人次第である。

「そのてて親はちびに、目の不自由な娘御に猫の手ならぬ〝猫の目〟を貸すよう言うたらしいわい。これは大きな善行ぞ。ちびのあっぱれな気骨も加味して、てて親は七十七の善行は積めたのではないかえ?」

「なんと!」

宗太郎が人の姿に戻るには、百の善行を積まなければならない。

一気にそこまで稼げたとなると残すところ、あと……。

「はて、あといくつだ？」

白猫姿になってからの宗太郎は、ときどき、七より大きい数がわからなくなる。

「しかし、ちびと仲間の猫たちが命を張って行った善行を頭ごなしに叱った罰で、差し引くこと百」

「それでは負になってしまうではないか！」

「なんぞ？　わしは今、ちびのてて親の話をしておる。若造の話ではないぞよ？」

「む、そうであったな」

「これも修行ぞ」

黒猫が鳥居に煙管を打ちつけて、木天蓼の灰を落とす。

どこまで罰当たりな所業かと宗太郎は肝を冷やしたが、当の本人、いや、本猫はニヤニヤと笑うふてぶてしさである。

「ちびが人に化けるのが先か、てて親が人に化けるのが先か、見ものだわいな」

「それがしは人に化けているのではない、人なのである」

「であるから、ちびのてて親の話ぞ」

「むむ、そうであったな」

宗太郎は、しっぽりと濡れた鼻を舌先でペロリと舐めた。

父親を名乗るのはおこがましいが、わずかな日々でも田楽がおのれの背中……、いや、懐を見てくれていたのだとすればうれしいと、宗太郎は思った。

そう考えると、小さな身体でカラスから草鞋を取り返そうとするなどという無茶も、田楽なりに町の人々のために猫の手を貸そうとしてやったことなのかもしれない。

田楽は父親の懐でただうつらうつらしているだけでなく、いろいろなことを見聞きしていたのだ。見るとはなしに空を見上げて、カラスの不埒《ふらち》な所業に気づいていたのかもしれない。依頼先で父親が汗水流して猫の手を動かしているのを見て、猫の手とは福を招くだけでなく、誰かに貸すものだと学んだのかもしれない。

かつて、自分を襲ったカラスへの意趣返しの気持ちもなくはなかったのだろう。かもしれない、の憶測ばかりでもどかしいが、

「それがしは人なので、猫の頭の中のことはわからん」

いや、わかろうとしなかったのだ。

そこで猫同士、末弟の気炎に猫の手を貸したのが、千代紙一家だったのだ。

町の生き字引の吉蔵もまた町内きっての犬猫好きで、三光稲荷の野良猫たちから慕われている。一家は末弟のため、吉蔵のため、猫の手を貸すことにやぶさかではなかったのだろう。

世のため、人のため。

ひいては、おのれのため、猫のため、恩送りするように猫の手を貸す。

田楽は、これからは一丸屋お絹のために猫の手と猫の目を貸していくことになる。

宗太郎は今一度、三つ鱗の耳をそばだてた。

猫の祭りの音曲は聞こえない。

耳に馴染んだ仔猫の声もしない。

ただひとつ、リリリ……、と虫が鳴く声だけが聞こえた。

「虫が鳴いているな」

「もう秋ぞ」

「もう秋か」

いつの間にか、季節は移ろっていた。

男やもめに蛆《うじ》が涌《わ》くとはよく言ったものだが、夏の終わりの仮初めに、男やもめに愛情が湧いたことを、宗太郎はこの先決して忘れはしまい。

目を閉じるたびにまぶたの裏に見える、仔猫の青みがかった目のことも。

集英社文庫

化《ば》け猫《ねこ》、まかり通《とお》る　猫《ねこ》の手《て》屋《や》繁盛記《はんじょうき》

2015年8月25日　第1刷　　定価はカバーに表示してあります。

著　者　かたやま和華《わか》

発行者　加藤　潤

発行所　株式会社　集英社

東京都千代田区一ツ橋2-5-10　〒101-8050

電話　【編集部】03-3230-6095

【読者係】03-3230-6080

【販売部】03-3230-6393(書店専用)

印　刷　図書印刷株式会社

製　本　図書印刷株式会社

フォーマットデザイン　アリヤマデザインストア　　マークデザイン　居山浩二

ISBN978-4-08-745355-3 C0193